男の事情　女の事情

男の事情
女の事情

ジョン・マクガハン
奥原宇＋清水重夫＋戸田勉＝編

国書刊行会

Like All Other Men
My Love, My Umbrella
Coming into his Kingdom
Lavin
Christmas
The Key
Korea
The Stoat
Strandhill, the Sea
A Slip-up
Faith, Hope and Charity
Hearts of Oak and Bellies of Brass
Wheels
Why We're Here
The Wine Breath
by John McGahern

目次

ほかの男たちのように

Like All Other Men

午後の薄明かりの中、ダンスフロアを行き交う女たちの中に、男はその女を長いこと見つめていた。背が高くもなければ美しくもなかった。けれども彼女から目を逸《そ》らすことはできなかった。見るからに引っ込み思案で、声が掛からないとたじろいでしまう女たちもいれば、自分は誘われなくてもかまわないと毅然と睨み返す女たちもいた。その中で、彼女は沈着冷静に見えた。フロアで自分があぶれたと感じれば、その都度、数歩下がって取り残された少数のグループに紛れ込んだ。ダンスを申し込まれれば、いつも正確に同じ動作で答えた。パッと微笑を浮かべることもなければ、得意顔で軽率に肩をすくめるというまねもしなかった。それでは緊張しながら待っていたこと、虚栄心が贖《あがな》われたことを暴露してしまうからだ。

看護婦、学生、男優と女優、音楽家、売春婦も何人か、レストランや新聞社で働いている人々、夜警、老いた者たちと年端も行かぬ者たちの寄せ集め《メドレー》が、こうした午後のダンスパーティにやってくる。マイケル・ダガンは毎週土日にやってきた。ダブリンから四十マイル内陸の町でラテン語と歴史を教えていた。毎週金曜になると夕方のバスに乗り、週末を映画とレストランとオコンネル・ストリートのダンスホールで過ごす。一年前の彼は、叙階まであと二ヶ月足らずのところだった。

思い切ってフロアを横切りダンスを申し込むと、女は立っていたときとまったく同じ無頓着さで、フロアまで彼についてきた。彼女の踊りは美しく、力強く伸び伸びとした自由さがあった。ブランチャーズタウン公立病院の看護婦だった。ケリー州出身。父親はキラーニー近郊の小学校の教員。以前はこの午後のダンスによく来ていたが、ここ二年はご無沙汰だった。名前はスーザン・スピレイン。

「だれもがこんなふうに質問するんだろうね」と男は言った。

「まあ、少なくともさっきのひとはそうだったわね」女は微笑んだ。「今度はあなたの番よ。自分の話をして」短い巻き毛の黒髪。頭の良さそうな顔。眼が少し変わっていた。

「左右で眼の色が違うんだね」

「片方がブラウンで片方がグレイ。グレイは何かの間違いね。家族は皆ブラウンの眼だから」

「すてきだね」ダンスは終わっていた。男は女を引きとめなかった。この無意味な会話の間を縫って親しくなるのは、容易なことではなかった。

若い娘なら、しばしばひと目につかずに長いこと立っていられる。そしてあるとき一人の男が、口説こうと興味を示せばこと足りる。つぎのふたつのダンス開始の合図が出たとき、いずれもすばやく動いたにも関わらず、彼女のそばには立てなかった。三番目のダンスは女たちに選択権があった。そこで彼は男の集団の中に戻った。すると彼女は彼を追ってこの集団の中に入ってきた。男は、ダンスが終わっても今度ばかりは彼女を行かせまいとした。酒に誘われれば、驚いた振りをし心を決めかねている様子を見せる、というのが女たちの上品な約束事だったが、彼女は即座に飲みたいと言い、ウィスキーを注文した。「あたしはほとんど飲めないの。でもこの燃える感じが好き」そして残りの二時間、女はこの少量のウィスキーをストレートで啜《すす》った。「父さんは夜中にウィスキーを飲むのが好きなの。あたしもよく隣に座って啜るの」

ふたりはもう一度踊って、その後テーブルに戻り、酒を啜り、座り、語り、再び踊った。時は足早に過ぎていった。

「今夜は夜勤？」そろそろバンドが立ち上がり締めの国歌を奏でる時間が近づいてきたので、彼は尋ねた。女を失うのが怖かった。

「いいえ。夜勤は明日の夜よ」

「じゃあ今夜は一緒に食事できるかい」

「いいわね」

ダンスホールから出ても、まだ午後の光が残っていた。そこでふたりはこれを避けてバーに入った。ふたりともコーヒーを注文した。一時間後、外が暗くなったことを知って、男はぎこちなく尋ねた。「食事の場所を探す前に少し散歩するというのは、ちょっと非常識な提案かな」男のうしろめたい笑みは、性的な関心をこれほどやぼにあからさまに白状していることを詫びていた。

「いいんじゃないかしら」女は微笑んだ。「あたしも歩きたい」

「雨が降ってたらどうする?」どちらが提案を引っ込めてもいい口実まで用意した。

「確かめる方法はひとつね」と女は言った。

ごくわずかの霧雨だった。街灯の下で通りは黒く光っていた。けれども女は雨など気にしていないようだったし、オコンネル・ストリートの西側の、暗いみすぼらしい街区に踏み込んで行っても気にならない様子だった。そこでふたりは暗い玄関口を見つけて、抱擁した。女はダンスのときに見せたのと同じ率直さと自由さで、男にキスを返した。人々は暮れはじめたばかりの暗がりをひっきりなしに通り過ぎて行き、ふたりは「こうしてても無駄」と言ったあとようやく体を引き離したように見えた。そして腕を組んで光に向かって引き返した。

「残念だけど、ふたりになれる部屋も場所もない」と男は言った。

「夕べはどこに泊まったの？」と女は尋ねた。

「週末に泊まるところは決まってるんだ。ノース・アール・ストリートにある、四人一部屋の下宿屋」

　行く場所ではなかった。隣のベッドの口のきけない男には、前の晩、危うくさんざん殴りつけられるところだった。残りふたつのベッドの男たちは飲んでいた。ふたりは電灯のスイッチを手探りし、口のきけない男を起こしてしまった。男はベッドの中で起き上がり、明かりが点《つ》くやいなや、少しだけ開いていた窓のほうを指して、身振りで指示した。親指を上に突き出す動作を二度繰り返した。冷たい風が吹き込むので窓を閉めて欲しかったのだ。ふたりのうち小柄なほうはこの身振りを誤解して、怒鳴り声を上げその男に飛び掛かった。男がキーキーと声を上げたので、ふたりは彼が口がきけないことを知った。女はこの話には笑わなかった。

「世の中で間違ったシグナルを出してしまうなんてことはよくある」

「ホテルに行きましょ」と女は言った。男はその場で動けなくなった。「もっとも、あなたがそうしたくて……それにその……ただ……割り勘ってことにしてくれるなら」

「どのホテル？」

「あなた、ほんとにそうしたいの？　あたしのほうはかまわないけど」女は男の顔を覗き込んだ。

「願ってもないところなんだけれど、でも、どこにする？」男は欲望と恐怖の間で立ちつくしていた。

「川の向こう側のクラレンス・ホテルなら落ち着けるし値段も手ごろよ」

「部屋が取れるかどうか、食事の前に聞いてみるかい、それとも食事の後にする？」女の申し出に気おくれして、ぎこちなくなっていた。

「すぐに行ってみたほうがよくないかしら。でもあなたはほんとにその気があるの？」

「もちろん。で君は？」

「あたしが半分払うということにしてくれるなら」と女が言った。

「いいよ」

ふたりは互いの唇を封じ合って、ヘイペニー・ブリッジで川を渡った。

「なんか面倒なことなんてないだろうね？」ホテルに近づいてきたときに男は尋ねた。

「大丈夫よ。あたしたちふたりともちゃんとしてるように見えるし」そして、このときはじめて、男には、女の摑んでくる手が多少緊張しているように感じられた。それで少し気分が楽になった。

面倒なことはなかった。三階のバス付きの部屋が取れた。

「本名を言ってくれたんで嬉しかった」ふたりきりになったとき女は言った。

「どうして?」

「正直って言うか、その……」

「あのとき思いつけたのがその名前だけだったからね」そして笑い合うことで、ふたりはこの緊張感を解放した。

バスルームは部屋を入ってすぐのところにあった。ベッドとランプとテーブルは、窓際にあった。椅子と書き物机は反対側の隅にあり、部屋の真中には二脚の肘掛け椅子があった。部屋の窓からは夜の町と川が見下ろせた。男はカーテンを引き、女を抱きしめた。

「待って」と女は言った。「食事に出掛けるまでたっぷり時間があるから」

女がバスルームを使っている間に、男は明かりを消し、すばやく服を脱ぎ、ベッドに入って女を待った。

「どうして明かりを消したの?」バスルームから出てきた女は声高に尋ねた。

「そのほうがいいかと思って」

「見えないといやなの」

彼女は、実際に服を脱ぐのに明かりが必要なのか、それとも、暗闇での行為と呼ばれるものの予備的な作業が、一切のうしろめたさなしに行われることを望んでいたからなのか、はっきりしなかった。それは、大事な旅程で確認する地名のように、十分注意が払われてしかるべきものであるから。

「すまない」と男は言って、ベッドの脇のランプを点けた。男は、女の、衣服から脚を滑らせるときのゆっくりとした確かな動きを見つめた。なんと力強く、自信に満ち、美しいのだろう。「まだ明かりが欲しい?」と、近づいてくる女に尋ねた。

「いいえ」

「きれいだ」男は、彼女の裸体の美しさが息をのむほどに素晴らしく、目に毒だとまで言いたかった。

彼にとってはあまりに欲していたせいで恐怖と呼べるほどになっていたものを、彼女はいとも容易《たやす》いものにしてくれた。けれども、長年渦巻いていた夢の、流れの止まった中心に、今自分が安らいでいるのだと信じることは、ほとんど不可能だった。長い間それが剝奪されていたせいで、ベッドと食卓にまつわる人並みの快楽は、悲しくも神秘的なものになっていた。

「前にだれかと寝たことは?」と男は尋ねた。

「ええ。ひとり」

「愛してた?」

「ええ」

「今でも愛してる?」

「いいえ。ぜんぜん」

「ぼくは一度もない」

「でしょうね」

ふたりはもう一度抱き合った。その後は平安が訪れた。外のカモメの耳障りな鳴き声も、川岸をシューッと走り去る車の騒音さえも、むしろその一部であるかと思われるほどの平安だった。

これですべてだろうか? これほど幸運に、これほど惜しみなく提供されたものを手に入れるやいなや、月並みな欲望と不安が容易に頭をもたげ、これほどまでに苦労して手に入れたものを軽蔑しはじめた。その思いが高まる前に、服を着て、この密室にもう一度帰ってこられると確信して食事に出掛けられるのは、恩恵だった。女が着終えるのを待つ間、まるで自分が若い夫であるかのように感じた。

暮れはじめの頃の淡い霧雨は、ふたりが階下に下りる頃には土砂降りとなり、ホテルのロビーはレインコートを着た人々で混みあい、多くの人が傘を持っていた。

「これで出て行ったんじゃずぶ濡れ間違いなしだ」

「その必要はないんじゃないかしら。ここで食べられるもの。グリルが開いてるから」

それは大きくてとても居心地の良い食堂で、壁は明るい色の板張りで、一番奥には炉が燃えていた。女はラムのカットレットを注文し、男は炭火焼のステーキを注文した。そしてそれぞれ赤のグラス・ワインを飲んだ。

「ここも割り勘でなくちゃだめよ」と女は言った。

「どうして？　おごらせて欲しいな」

「約束でしょ。まもらなきゃ」女は笑った。「教師になってどれくらいになるの？」

「一年足らず。長いことメイヌースにいたから」

「神父さまになる勉強してたの？」

「あそこでの勉強ならそれしかないだろうね」と男はそっけなく答えた。「残り二ヶ月というところでやめた。とっても人聞きが悪いだろうけど」

「もっと後になってやめるよりはましよ。どうしてやめたの？」と女はひどく真顔で尋ねた。いやみや皮肉でやり過ごせるものではなかった。

「もう信じちゃいなかったから。自分が信じていないもので他人を導けるわけがないから。十八でメイヌースに入ったとき、これで人生は決まった、と思った。でもそうじゃなかった」

「何かがあったはずよ」と女は強い口調で言った。

「そりゃそうだろうね。でも何だったのかよくわからないんだ」

「それはあなたが……結婚したかったから？」

「いや。セックスじゃない」と男は言った。「多くの人がそう考えるだろうけど。むしろ、セックスを諦めること――自制《リナンシエイション》という言葉を使うんだけど――、これは聖職者意識をとても強くするものなんだ。自分たちは容易なことは何一つしてこなかった――そのこと自体が誇りなんだ。自分たちはより偉大なる善のために、快楽という概念を捨てようとしている――つまり……信仰が揺らぎ始めるまではね……でまあ、すべてが終わった」

「じゃあ、もうまったく信じていないの？」女は真剣に尋ねたが、その真剣さは、魅力的であると同時にいらいらさせるものだった。

「深遠なものに向かう才能がないんだろう」男は意図していたこと以上を語ってしまった。そして会話の展開に苛立ちはじめた。

「何かは信じているはずでしょ？」と女は強く言った。

「其はもっとも確か也。スコラ学派がそう言わなかったっけ？」男は軽くからかうつもりで引用したが、女にその口ぶりが気に入らないのはわかった。「ぼくは、名誉、品位、愛情、そして快楽を信じてるよ。たとえば、これなんか、とってもうまいステーキだ」

「あなたは皮肉屋には見えない」このかすかな褒めことばは、批難よりも受け入れるのが難しかった。

「じゃあ愚か者ということだ。何よりいただけない。ラムはどう？」

「おいしい。でもあたしはそんなふうにごまかされるのが嫌いなの」

「ごまかすつもりなんてないよ。今でも辛いんだ、それだけだよ。君にはとても感謝してる。ここまで来てくれるなんて、とっても勇敢だったと思ってる」男は再び口ごもりはじめた。穏やかに、控えめに。

「勇敢だったわけじゃない。したいことをしただけ」

「ホテルに行こうなんて言う勇気のある女性は多くないと思うよ」

「みんな賢明なんでしょ」

今度は女のほうが会話の方向を変える必要に迫られた。沈黙とは呼べない沈黙が訪れた。ふたりはどうしてよいかわからなかった。ふたりの心は、沈黙の背後で、必死にどこか安全な出口を求めていた。

「君の愛してた男のことだけど」と男は話を向けた。

「結婚してた。息子が一人いて。医薬品の営業であちこち旅行してた」

「君にはあまりいい話じゃなかったわけだね」

「ぜんぜん。ひどいもんよ」

またしても間違った方向に来てしまった。

グリルを出てからも、雨はまだ激しく降っていた。ふたりはホテルのバーで、一杯の酒をゆっくり時間をかけて飲んだ。人々が飲み、人々が行き交うのを見つめた。やがてホテルの一室と夜がふたりを引き寄せた。


朝になって、男は尋ねた。「今日はどうするの？」

「病院に戻る。少し仮眠も取りたいし。八時から夜勤だから」

「夕べはあまり眠らなかったからね」

「そう、その通りよ」女の返答は優しいものだった。けれども、それに関して言及する気はないということをはっきりと示していた。「あなたはどうするの？」と女は話題を変えた。

「帰りのバスは三本あるんだ。どれかに乗ると思う」

「どれ?」

「たぶん十二時の。君が病院に帰るのなら。今度はいつ会える?」と男は、すでに会えることはあたりまえといった口調で尋ねた。

女はまだ下着姿だった。彼のほうを振り向いたとき、淡い色のスリップを透して太腿の輪郭がぼんやりと見えた。「もう会えない」

「どうして?」気楽な気分は変わった。「何かまずかった?」

「いいえ。ぜんぜん。その反対よ」

「じゃあ、どうしたの? どうしてもう会えないの?」

「夕べ言おうと思ったんだけど言えなかった。すっかり台無しにしそうだったから。結局のところ、あなたはメイヌースにいた人だった。あたし、修道会に入るの」

「冗談だろ」

「生まれてこのかたこれほど本気だったことはないの。今度の木曜日に……医療修道院よ」女には、ダンスホールで彼を惹きつけたあの風格があった。つまり、身の回りのものに一切拘束されず、自分自身の光の中でゆるぎなく立っていた。

「信じられないよ」

「ほんとよ」と女は言った。

「でもすべては嘘だ。無意味で、つくりものだ」

「あたしにとってはそうじゃないの。それに、あなたにとってもかつてはそうではなかった」

「でもぼくはあのときは信じていた」

「今のあたしが信じていないとでも思うの？」女はとげとげしく言った。

「天使祝詞と主禱文を生涯唱え続けるんだね」

「修道院が安上がりなのはわかるでしょ。ほとんど仕事をしていればいいの。今と同じように看護婦をやるのよ。二年後にはたぶん医学校に入れてもらえるでしょうし。修道会は専属の医師をとても必要としてるの」

「昨夜は、君の新しい門出に向けての、一風変わった準備作業だったんだね」

「たいして悪いことだとは思ってない」

「君の見方では、罪じゃなかったんだね」男は今では怒っていた。

「たとえ罪でも、大きな罪じゃなかった。結婚前に別の男と一晩寝た女性も何人か知ってる。自由なひとりきりの生活に終止符を打つためなのよ」

「で、ぼくはいとまごいの印、最後の握手だったわけだ」

「そんなつもりなんかなかった。あたしはあなたに惹かれた。あたしたちは自由だった。

だからそうなった。修道院に入った後でそうしてたら、話は違ってたでしょうね。とても大きな罪になってた」

「もしかしたらぼくらは結婚できるんじゃないか？」と男はしゃにむに問い詰めた。

「いいえ。それができるのなら、そんなに軽々しく聞いたりはしないでしょ」

「最初はお金のない生活だろうけど、お互いがいることだし、働けばなんとかなるよ」と男は訴え続けた。

「いいえ。ごめんなさい。あなたのことはとても好き。でもそれはあり得ないの。あたしの心はもうだいぶ前から決まってたの」

「じゃあ、もう一度だけというのは？」男は女を遮って言った。

「まる一晩費やしたばかりじゃない」

「最後にもう一度だけ」男の両手はすでに執拗に要求していた。そしてことが終わるやいなや、後悔した。なにもしなかったほうが、かえって失うものは少なかったかもしれない。

「すまない」と男は言った。

「ぜんぜんへいき」

グリルでも朝食はあったが、階下で支払いを済ませた後ホテルで食事を取りたくはなかった。オコンネル・ストリートの、大きなプラスチックとクロムメッキの建物に入った。

落ち着かない沈黙の中で、ゆっくりと食べた。

「許してもらえると嬉しいの、もし何か許してもらえることがあるのなら」と長い沈黙の後で女が言った。

「ぼくも同じことを頼もうとしてた。許しを乞うことなんて何もないよ。もう一度君に会いたかった。ずっと会っていたかった。こんな幸運に恵まれることは二度とないと思ったから。これほど率直で……これほど怖いもの知らずの人に逢うなんて」言い終わる前に、男は自分のことばにまごついてしまった。

「あたしぜんぜんそんなんじゃない」女は笑った。長いこと笑っていなかったから。「あたしは臆病よ。来週のことに怯《おび》えてるの。大概のことには怯えるほうなの」

「気が変わったときいつでも連絡できるように、ぼくの住所を知らせておくよ」

「気は変わらない」

「ぼくも昔はそう思った」

「いいえ。変わらない。変わってはいけないの」と女は言ったが、それでも男は住所を書いて女のポケットに滑り込ませた。

「ぼくが見えなくなったら捨てればいいさ」

ふたりして立ち上がったとき、女の眼に涙が溢れているのがわかった。

いまやふたりはこうしたささやかな儀式のひとつひとつにすっかり身を任せた。それはいかなる薬物よりも人生を楽にしてくれるものだ。女がスカーフを巻いている間に男はレジで勘定を済ませて待ち、それから隣に立って女に階段の内側を歩かせながら悲しげに微笑み、一番下の段で大きな自在ドアを開いた。ふたりはゆっくりとバス停まで歩いた。バス停でふたりは、西の空に現れた黒い雲を見て、夕方の天気はどうなるかを予想しあった。もう一雨来そうなことだけは確かだった。バスがやって来るとふたりは握手した。男は乗客が皆乗り込んでバスが動き出すのを待った。カスタム・ハウスの向こうを流れる川と直線の岸壁は、女が去った後では空漠に向かって延び広がっているように思われた。われの始まりはわれわれの終わりにあり〔T・S・エリオット『四つの四重奏』より〕、と男は思い出した。われの終わりはわれわれの始まりにある、かの男もかの女も、われも汝も。それは延び広がっているように思えた、空虚と同様完全に、結婚指輪と同様無限に。男はそれを、自分の呼吸と同じくらいによく知っていた。もちろん何もないことだろう。けれども女はいまだに、そのひとつのことによって生きる準備をしていた。それを真なるものにする準備をしていた。

彼女のことを考えているうちに、いつの間にかブスアーラス〔バスターミナル〕に向かって夢中に歩いている自分に気がついた……だが途端に速度が落ちた。あたかも引き返すことを考えているかのように、歩みはためらいがちなものになった。どの方向に向かってどれほど熱心に歩いている自分に気がついたところで、辿り着くところは翌日という日、そしてまたその翌日という日でしかないことが、彼にはわかった。

（吉川信訳）

僕の恋と傘

My Love, My Umbrella

雨。この市《ダブリン》のいつもの天気が僕の恋と傘を結びつけた。黒い傘だったが、柄《え》にかぶせられた合皮のカバーは白いステッチで留められ、先の金属は曲がっていた。僕と彼女がアビー・ストリート発の最終バスに乗ろうとムーニーズ〔パブの名前〕を急いで出た時、店の表の格子蓋にはさんでしまったからだ。僕たちが出会ったのは、ブランチャーズタウン・ファイフ・アンド・ドラムが演奏している時だった。バンドは、「いつかめぐり逢える／愛しい人に／優しく逞しい／私の恋人に」と、バーグ河岸の公衆便所を背にして、スコッチハウス〔パブの名前〕の前の歩道に集まったまばらな聴衆に向かって演奏していた。ある日曜日の午後だった。

「変だな、このバンド」と僕は言った。彼女は驚いて後ずさりする仕草をしたが、すぐに元の姿勢に戻って話し手の顔を見ようとした。黒髪越しに見える肌は健康そうで瑞々《みずみず》しかった。豊かな腰まわりは多産系を思わせた。

「そうね」と彼女が答えた途端、僕はその身体を無性に抱きたくなった。

木箱の上に載っている指揮者は、ひっきりなしに指揮を中断して、横に立っている白髪まじりの小柄な男と言い合いを続けていた。だが、彼が指揮棒をさっと振り下ろそうが、口論をしようと腰を屈めようが、演奏者たちには変わりないようだった。楽譜がめくられ、演奏がゆっくりと続けられた。「いつかめぐり逢える／愛しい人に／優しく逞しい／私の恋人に」演奏者たちは手を休めるたびに、川の向こう岸にあるムーニーズの表にある時計に目をやっていた。

「みんな時計を見てるんだ」と僕は言った。

「どうして」と彼女は言って、もう一度振り向いた。

「店が開くまでしか演奏できないのさ」

僕も気になって時計を見た。演奏が終われば、彼女も行ってしまうのではないかと心配だった。スコッチハウスの店内に明かりがつけられた。演奏のテンポが速まった。白い前掛けをしたバーテンが鍵の束をジャラジャラいわせ、その音がテンポを上げた演奏と混じり合った。バーテンは巻き上げ式のシャッターの鍵を開けて、ガシャーンという大きな音を響かせながら押し上げた。演奏が終わると、指揮者はみんなに楽器を片付けてもよいと合図し、自分も木箱から降りて、例の白髪まじりの小柄な男の肩を指揮棒でたたきながら、熱くなって議論を始めた。バンドのメンバーは、スコッチハウスの店内に灯《とも》ったたくさんの丸い電球を目指して通りを渡っていた。店にはさっきの聴衆の多くが入り、グラスにビールがゆっくりと注がれるのをもどかしそうに待っていた。小柄な白髪まじりの男は木箱を抱えて指揮者と一緒に中に入って行った。

「言った通りだろ」

「うん」

家族を乗せた小型車の列がのろのろと橋を渡り、日曜の遠出を終え、冷たいハムとトマトとレタスの夕食が待つ家路についていた。河口から風が吹きつけ、かもめたちは干潮になって臭い始めた川の上で甲高い鳴き声を上げていた。そんな時、僕はこの馬鹿げたやり取りを止めて、強引に彼女を誘ってみた。

「一杯付き合わない」

「えっ」彼女は頬を赤らめながら僕をまじまじと見つめた。

「だめ?」

「お茶の時間に帰るって言ってきたの」

「パブでサンドウィッチが食べられるよ」

「どうしてあたしを誘うわけ？」

「付き合ってくれたら最高なんだけど、どう？」

「じゃあ、いいけど、なんでなの？」

こうして僕たちの関係は始まった。風が河口から吹き付け、ブランチャーズタウン・ファイフ・アンド・ドラムのメンバーがスコッチハウスでのどの渇きを癒す最初の一杯を流し込んでいる時だった。

ムーニーズでは日曜になるとビーフ・サンドウィッチしか残っていなかった。僕たちはサンドウィッチを頼んで黒ビールを飲んだ。しばらくしてビールが効いて眠くなってくると、他の客が飲むのを眺める以外ほとんどすることがなくなった。僕はひとりの詩人を見つけ、彼女に指差して教えた。新聞でよく見た顔だった。詩人は、開襟《かいきん》シャツの上にギャバジンのジャケットを着て、帽子のバンドに小さな羽根を一本差していた。詩が好きなのかと彼女は訊いた。

「昔はね」と僕は答えた。「君はどうなの」

「あんまり」

彼女は詩人がテーブルを囲んだ四人の男たちに何を話しているのかわかるか僕に訊いた。男たちは詩人にウィスキーのお代わりをしきりに勧めていた。僕は聞いていなかったので、ふたりで聞き耳を立てた。詩人は、バラよりナデシコのほうが好きだとか、男が愛せるのは自分がよく知っているものだけだとか、問題なのは愛の質であってその偶然性ではない、などと語っていた。男たちは詩人の言葉に乾杯をしようと言った。詩人はそれが侮辱であるかのように男たちをにらみつけた。だが、男たちはその視線を避けるようにウィスキーのダブルのお代わりをみんなで注文した。カウンターから酒が運ばれてくる間、詩人は脇を向いてポケットから缶を取り出した。蓋の内側には白い粉の膜ができていた。詩人はそれを素早くきれいに舐めた。彼女はそれが重曹《じゅうそう》らしいと言った。彼女の田舎の父親が胃によいといって飲んでいたからだった。僕たちは黒ビールを飲み続けながら見ていたのだが、詩人はウィスキーのお代わりが運ばれるたびに、テーブルに背を向けて、蓋の裏についた新しい重曹の膜をぺろっと舐めるのだった。

こんな風に最初の晩が過ぎていった。パブにやって来る客はずぶ濡れだったので、僕たちは雨の止むのを期待して店に残った。とうとうバーテンがビールポンプの柄にタオルを掛け、「看板です」と声をかけてきたのだが、雨はまだ降り続いていた。

店の外は土砂降りで、通りはガラスの破片が踊っているようだった。その様子は、祭壇の前に供えられた真鍮《しんちゅう》の蠟燭立てに付いている、煤《すす》けて黒ずんだ数え切れないほどの釘を思い出させた。

「この雨、蠟燭立ての釘みたいだな」と僕は訊いた。

「そう言われればそうね」

たぶん雨のおかげだ。雨によって二人のぎこちない会話のやり取りが流れ去り、互いの身体が言葉のやり取りよりもっと近くに引き寄せられてゆく。バスの中で彼女がキスのお返しを首にしてくれた時、そう思った。二人はお互いの肉体という食べ物に吸い寄せられてゆくのだ。バスを降りた僕たちは傘をさし、雨に打たれながらフェアヴュー教会の先まで歩いた。

「家に入れない?」

「そんなことしたら大変」

「自分の部屋はないの?」

「大家さんが始終見ていて、大騒ぎするから」

教会の裏は行き止まりで、突き当たりには、蔦《つた》が絡んだ隣の果樹園の灰色の塀が立っていた。そこは古びた木立の枝に覆われて街灯の光は届かなかった。

「じゃあ、ここで少し休もうか」

僕は雨を言い訳にされて断られるのではないかと、びくびくしながら息を潜めて返事を待った。が、「少しなら。もう遅いでしょ」という言葉を聞いてほっとした。

僕たちは合い傘のまま街灯の光の届かないところへ行き、木の根の間にある足元のしっかりした場所を探した。

「傘を持っててくれないか」

彼女は白いステッチで留められた合皮の柄を両手で持った。

僕が彼女のコートのボタンをゆっくりはずしている間、僕たちの唇は二人の混ざり合った唾液の上を滑っていた。僕は指の震えを抑え、ブラウスの小さな白いボタンを、とれないように気をつけて外し、コート、ブラウス、ブラジャーと道標に従って脱がせていった。そして暖かく柔らかい乳房を両手で包むように撫でた。それから、彼女の両手が握っている合皮の柄の上の冷たい金属の棒に顔を押し付け、小さな乳首を歯で優しく噛もうとした。傘をたたく規則正しい雨音が、木の枝から落ちる雨だれに時折乱された。

やらせてくれるかな。僕は不安なままウールのスカートを捲り上げた。両手を柔らかな太腿の間に割り込ませ、上にゆっくりと滑らせていった。「だめ」と言われるものと不安な気持ちでいたが、彼女は体を傘の柄ごと僕に預け、唇を重ねてくるだけだった。

僕は指の震えが止まらないまま、すべすべした肌触りのパンティーを膝まで下ろし、割れ目を開いた。濡れていた。彼女は唇を押し付けてきた。指を奥まで入れると彼女はぴくっと体を震わせた。処女だった。

「痛っ」ひやっとした金属が僕の顔に触れた。濡れた服の上では雨の冷たさは鈍くしか感じなくなっていた。

「痛くしないから」と僕は言い、彼女の太腿の間でゆっくりと腰を上下に動かした。コートとスカートを持ち上げて、精子が全部雨の泥水の中に落ちて行った。しばらく唇を重ねたまま休んだ後、僕は服を元に戻した。

二人とも片足をしびれさせたまま、合い傘で小さな鉄柵で囲まれた庭の脇を通り、彼女の部屋に向かって歩いた。僕は門のところで、「今度はどこで会う?」と切り出し、別れた。

僕たちはメトロポール〔パブの名前〕の中のヒーターの前で八時に待ち合わせをすることにした。銀のヒーターの前で会う約束は週に三日のペースで長い間続いた。映画に行ったり、飲みに行ったりするのが僕たちのデートコースだったが、いつも雨降りだったので、あの木立の陰に隠れ、傘をさしたまま同じように愛し合った。性欲を保ち続けられるのはペニスに記憶がないからだというけれど、僕の場合もそうで、彼女と会った晩にはいつもまるで初めてするかのように精子を泥まみれの腐りかけた枯葉の上に撒《ま》き散らした。

僕たちは互いに身の上話をすることがあった。彼女の話の中にはひどいのがひとつあった。が、僕はひどいとは言わなかった。

彼女は小さな農場で育った。隣はパット・モランとかいう奴の農場で、そいつはお袋さんが死んでからはひとりで農場をやりくりして暮らしていた。子供の頃、彼女はモランの農場で放し飼いにされていた雌鶏の巣を見つけては卵を探し出していた。そんな彼女にモランは定期市で買ってきたチョコレートやオレンジをよくくれた。彼女は自分の身体が大人びてくるのがわかると、モランを挑発し始めた。ある夕方、井戸に行く途中、モランが牧草地の生垣のサンザシをなた鎌で刈り込んでいるところを通りがかると、柔らかな草の上に寝転がって服の下の身体をたっぷり見せつけたのだった。すると、モランは鎌を投げ捨てて抱きついてきた。彼女はやっとのことで逃げ出して、走りながら大声で言った。「父ちゃんに言いつけてやるぞ、この豚野郎」だが実は、父親が恐くて言うことはできなかった。それからというもの、彼女とモランとの間には溝ができてしまった。モランは小さな農場の生活しか知らないにもかかわらず、その後間もなくして農場を売り払ってイングランドへ渡ってしまった。

彼女は興奮気味に話し終えると、僕がどう思うか訊いた。人生にはよくあることだと答えると、僕の人生で何か面白い話はないかと訊いてきた。あるとは答えたものの、夕刊に載っていた記事をひとつ覚えているだけだった。それがすごく面白いと思ったのは、その話が間接的に僕たちと係わっていたからだった。

それはある傷害事件の記事だった。ラッシュアワーのロンドンのバンク駅構内で、列に並んでいた二人のシティ勤めの紳士が、互いに傘を使って喧嘩したというものだった。二人とも傘で重傷を負ったのだが、裁判の論点は、これがごく一般的な傷害事件なのか、それとも、相手を傷つけようという意図の下で凶器を使った凶悪事件なのか、ということだった。傷の程度を見る限りその判断は難しかった。だが、裁判官は一般の傷害事件であるという判決を下した。というのも、裁判官は、傘を正しく使う何千もの温和な市民に、通勤や帰宅中に凶器を携帯しているという意識を持って欲しくはなかったからである。裁判官は二人の紳士に罰金を科し、和解させ、今後の行動に厳重注意を与えた。だが、傘を凶器と見なした場合に下すべき実刑宣告はしなかった。

「この話はどう?」

「ほんとうに馬鹿みたい。もう帰りましょう」と彼女は言った。閉店までまだ一時間もあったのに、僕たちは店を出て傘をさした。いつものように雨が降っていた。

「なんであんなろくでもない話をしたの」と彼女はバスの中で聞いた。

「そっちこそなんで農夫の話なんかしたんだよ」

「あれとこれとじゃ話が違うじゃない」と彼女は言った。

「まあ、そうだな」僕は同意した。なぜか彼女は傘の話に気分を害していた。

僕たちは雨の中でまた愛し合った。彼女は熱烈だった。精子を出し終わった後、彼女は「待って」と言って、萎みかけたペニスにまたがって腰を動かし始めた。そして両手に持った傘をふらふらさせながら、体を震わせて言葉にならない悦びの声を上げた。街灯が照らす場所に出てきた時、僕は訊いてみた。「こうして深い仲になったんだから、結婚したほうがいいだろ」「ねえキスして」彼女は傘の中棒越しに身体を預けてきた。「ねえ、そうだろ」と僕は繰り返した。「結婚してあなたにはどういう意味があるわけ？」と彼女は訊き返した。

僕の頭にあったのは、結婚の意味というより憧れと恐れだった。憧れはといえば、彼女の郷里で過ごす夏の週末だった。金曜の晩に二人でサールスまで列車で行き、駅から家まで五キロほど歩く。翌朝は玄関にやってきた郵便配達に吠えかかる牧羊犬の声で目を覚まし、お茶とバター付の黒パンが並ぶ朝食を、焼きたてのパンの香りが漂う、板石敷きの涼しげなキッチンで食べるのだ。

悪夢はといえば、クロンターフの集合住宅での暮らしだった。毎週日曜の朝、僕はヨット〔パブの名前〕へ逃げ出し、ビールを数杯飲みながら静かに新聞に目を通す。昼になると、海岸通りのまぶしい陽射しにくらくらしながら、菓子を土産に買い、日曜恒例のロースト・ビーフの待つ家にたどりつく。昼飯と酒で腹がいっぱいになってうとうとしていると、

「今日どこかに連れて行ってくれるって約束したでしょ、パパ」という子供たちの声にたたき起こされ、月賦の残っているフォルクスワーゲンをバックで門の外へ出し、ホウス岬までドライブに連れて行く。ワイパーでできた半円状の曇りが残るフロントガラス越しに海を眺めていると、後ろの席の子供たちは退屈して喧嘩を始め、大騒ぎをする。僕はそれを叱りつけて黙らせるのだ。

彼女に馬鹿にされると思ったので、どちらの話もしないことにした。

「もし結婚を考えるならお金を貯めなきゃならないでしょ」という彼女の声が聞こえた。

「あんまり貯めていないかな」

「パブであんなに飲み代を使えば、結婚なんて諦めているようなもんじゃない。どうして結婚なんて言い出すの？」

「どうしてって」答えるのは難しかったので、考えあぐねて言った。「一緒にいたいからだよ」

「じゃあ、なんで」彼女は問いつめた。「あんなつまらない傘の話をしたわけ」

「だってあれは本当の話じゃないか。それに俺たちはいつも傘の下で愛し合っているだろう。君のことを思うからあの話をしたんだよ」

「まったく下らないったらありゃしない」と彼女は腹を立てて言った。「夜の浜辺で熱い砂の上にシートを敷いて、なんていう話ならわかるけど、傘なんて」

夏が近づいていた。夏の到来が与えてくれる妙な自信が僕を破滅させたのだった。雨が降らなくなった。月のきれいなある夜、僕は彼女に傘をさしてくれるように頼んだ。

「どういう意味？」

彼女がむきになったので、僕は冗談だと言った。

「こんな素敵な月夜に傘をさして立てなんて、馬鹿らしくって、とても冗談とは思えない」と彼女は言った。

僕たちは傘を枯葉の上に置いたままぎこちなく愛し合った。彼女が思い通りにしてくれないことに腹を立てた。ある晩、「夏休みはどうするの？」と彼女が尋ねてきたが、まだ決めていないと嘘をついた。「遊ぶ金がなければ田舎にでも帰ろうと思っているけど、君は？」と僕は訊いたが、返事はなかった。僕が彼女を休みの計画に入れようとしないことに腹を立てているのがわかった。僕は太陽と砂浜と海を意地悪く思い浮かべ、彼女とは縁を切ろうと思った。夏は間近で、可能性に満ちた世界が待っていた。僕は彼女を教会裏のいつもの木陰に連れて行くことはせず、軽くキスをして、「じゃあね」と言って別れた。いつものようにヒーターの前で会う約束をすることもなく、「今週中に電話するよ」と言った。彼女の怒りと憎しみに燃えた顔を見ていい気分になった。「したければすれば」と、むっとした彼女はドアを閉めながら言った。

僕は馬鹿みたいに浮かれ、傘を上へ放り投げ、落ちてくるところを大笑いしながら摑んだ。最初の数日間は自由になった開放感に満たされていたが、すぐに飽きてしまった。誰もいない部屋の中でひとりで本を読もうとしていると、りんごの木が二本と梨の木が一本植えられている庭の先を列車が通り過ぎる音が聞こえてきた。その時、想像以上に彼女がなくてはならない存在であることに気がついたのだった。傘が目に入るのがいやだったので、洋服ダンスの裏に隠してみたが、逆にそれがひどく気になって仕方がなかった。彼女の唇や肉体への欲望が抑えきれず、どうしようもなくなって、とうとう電話に向かった。

「こんなに経ってから電話がくるなんて思わなかった」

「病気だったんだ」

彼女は不気味に黙り、嘘を見抜いているかのようだった。

「会えないかな」

「別にいいけど」と彼女は答えた。「いつがいいの?」

「今晩」

「今晩は無理。明日の晩なら」

「じゃあ八時に、いつものヒーターの前でどう」

「あそこじゃなくて、ウィンズ・ホテルは？」

二人を隔てていた距離と不安が想像力をかき立て、翌日の八時まで待ちきれないほどだった。だが、バスが着いて彼女が待っているのを見ると、心はかつての居心地のよさに包まれた。

「どこへ行こうか？」

「静かな場所がいい。おしゃべりができるようなところ」と彼女は言った。

橋を渡り、僕たちが最初に出会った時にバンドが演奏していたところを通り過ぎて行った。リフィー川はまだ夏の夕陽を浴びていた。

「会いたくてたまらなかったんだ」と言って、僕は近づこうとした。彼女は白い手袋をしていた。

「どんな病気だったの」

「流行の風邪みたいなやつさ」

ふたりで歩いていても、彼女はよそよそしい態度で取り澄ましていた。彼女が選んだのは新しくできたホテルのバーだった。店には有線放送の音楽が流れ、席の上に赤いクッションが置いてあった。バーに客はなく、バーテンがグラスを磨いていた。バーテンはギネスと甘口のシェリーをテーブルに持ってきた。

「何か言いたいことは？」と、僕はバーテンがグラスを磨きに戻ったときに聞いた。

「ずっと考え続けてきてわかったの、あたしたちのデートが時間の無駄だったということが。あなたにとってもあたしにとってもね」

傷口を塞いでいた包帯を外されたようだった。

「でもどうして？」

「何にもならないから」

「ということは、他に男でもできたんだな」

「そんなこと関係ないじゃない」

「それじゃどうしてだよ」

「愛してないからよ」

「でも楽しい晩をさんざん過ごしたじゃないか」

「そうだけど、それだけじゃだめなの」

「もう少ししたら、結婚しようと思っていたんだ」土下座をしてでも絶対に彼女を思い止まらせたかった。少しずつ、僕の人生は彼女の手の中に落ちていた。だから、彼女を失って初めてそのことに気付いた。彼女のいない人生。僕の人生の喪失という痛み。そこには死者にはある忘却というものはない。彼女の唇や腿の間にあった僕の人生からあらゆる望みが消えかかっていた。僕の人生は彼女の存在があって初めて生かされていたのだった。

「結婚したってうまくなんていかないわよ」と彼女は言ったが、その言葉は自信に満ちていた。「あんなぼろ傘の下での時間なんかみんな無駄だったのよ。それに、月夜の晩に馬鹿みたいに傘をさせなんて、あたしを何だと思ってるの」

「悪気はなかったんだ。最初からやり直せないかな」

「無理。結婚にはどこか神秘的なところがなければだめ。あたしたちはもう知りすぎていて、新しい発見なんてないでしょ」

「つまり……肉体的にってこと」

「そう」

彼女は帰りかけ、僕は必死になった。

「もう一杯どう？」

「結構です。本当にいらない」

「もう一度だけでも会えない？」

「だめ」彼女は立ち上がって出ようとした。「引き延ばしたって無駄よ。行き着くところは同じなんだから」

「何でそう言い切れるんだい。せめてもう一度だけチャンスをくれよ」

「いや。バスまで送ってくれなくてもいいから、どうぞ、残りのお酒を楽しんで」

「そんな気になれないよ」僕は彼女の後を追ってスウィング・ドアを通り抜けた。

アイルランド銀行前のバス停で最後のひと押しをしてみた。「今晩で最後にするから、家まで送れないかな」

「だめ。こっちのほうが早いから」

「やっぱり、男と会うんだろ」

「いいえ」

ばっさりとナイフで切られたようだった。彼女がバスのステップを登り、ハンドバッグの中を探して、小銭入れからバス代を出し、バスが角を曲がる時に車掌に手を広げてお金を渡すのを眺めていた。彼女が振り向いて、何か合図を送るかどうか確かめようと見守っていたが、何も起きなかった。恋と人生のすべてが消えてしまった。消え去って初めてその存在を実感したのだ。

その後で、僕は傘をバーに置き忘れてきたことを思い出し、のろのろと引き返し始めた。スウィング・ドアを通り、赤いクッションに立てかけてあった傘を手に取ってかざしながら、「これを忘れたんでね」とバーテンの無言の質問に答えて言った。その小さな素振りひとつひとつを演じることが痛みを和《やわ》らげてくれるかのようだった。

その夏、僕は南部の海岸にも街にも行かなかった。頭の中は僕が逃げ出そうとしたあの肉体のことでいっぱいだった。パブが店仕舞いした夜更けの道で、彼女の身体がどんな手に愛撫されているのか考えると、それだけで胸が締めつけられ立ちすくんでしまうのだった。もし僕に権力があれば、行きずりのセックスをした奴はすべて死刑にしてやりたかった。街では彼女がよく着ていたコートやワンピースが目に付いた。特に、後ろにファスナーがついたブルー地に白の水玉模様の安っぽいワンピースで、その夏に流行《はや》っていたものだった。街でそんな服を着ている女を見つけるたびに、胸をどきどきさせて人ごみを掻き分けるのだが、近づいてみるといつも別人だった。

僕は時間があれば彼女に電話をかけて頼み込んだ。もう死にそうだと言うと、彼女は昼時の一時間だけ会ってくれた。僕たちはただぶらぶらと昼飯時の街を歩いた。僕は涙をこらえながら彼女の優しさに感謝した。これまでに彼女がその身体を夕闇の中で捧げてくれた時には何の有難みも感じたことはなかったのにである。その夜、パブの閉店時間まで酒を飲んだ挙句、まるでかつて暮らした思い出の部屋に戻りたくなるような衝動に駆られて、いつもの場所まで足を運んだ。そして僕たちの指定席だった、街灯の光の届かぬ木立の陰に立った。人生か、恋の意味が何かわかるのではないかと期待していたが、傘をさし、木々の若葉から滴《したた》る雨を受けて立ちつくす男の限りない愚かさに夜はただ冷たいばかりだった。
僕はこの別れによって自分の人生の来るべき死を経験することになった。というのは、人生に絶望することは、死を切望することと等しいからだった。時間が包帯の代わりに傷口を癒すようになるまで、ただただ動き回って気を紛らわそうとバスに乗っては終点まで行った。そんなある日、キレスターで十分間の休憩をとっていた二階建てバスの車掌が、下に降りて運転手と座り込んで話しているのが聞こえてきた。「まったく、この国ももうお終いだな。どっから見てもまともに見える若い奴が上にいて、そいつは最近しょっちゅうここまで乗って来るんだけど、結局どこにも行かないで帰って行くんだぜ」この言葉を聞いた時、長い間病気を患《わずら》っていた患者が、医者から急に「明日は退院ですよ」と言われたように感じた。僕は黒い傘を握りしめ、ほとんど猛り狂わんばかりに心に誓った。あの頃のようにただ無邪気に幸せになるんだ、と。この市《ダブリン》のいつもの天気である雨降りの晩に、木立の陰で傘をさしていた時のように。

（戸田勉訳）

「くーっついた、くっついた、男と女がくっついた、ノーラとスティーヴィがくっついた」一緒に倒れた少女と少年に向かって、子どもたちは一斉にはやし立てた。

学校からの帰り道、子どもたちは、彼らが「チェア」と名づけた、道ばたの土手にある小さなくぼみに先に座る競争をして遊んでいた。遊んでいるうちにスティーヴィは「チェア」にうまく先に座ることができた。だが彼が草を摑む間も、かかとを地面にしっかり踏ん張る間もないうちに、ノーラが力いっぱい引っ張った。彼の身体がすっともち上がり、彼女は道路側に倒れそうになって、夢中で彼の腕を摑んだので、スティーヴィが覆いかぶさるように倒れてきた。彼の額がノーラの顎に激しくぶつかったので、二人は一瞬気を失ったように路上に倒れた。彼の口は彼女の耳元のうなじに触れ、上半身はすっかり彼女の上に覆いかぶさり、両脚は開いた彼女の腿にはさまれていた。

子どもたちは、けがをしてせっかくの遊びが台なしになる不安におし黙ってしまった。ようやく誰かが叫んだ。「くーっついた、くっついた」その叫びはみんなに広まった。最初はふぞろいだったが、やがて合唱になった。

「くーっついた、くっついた、男と女がくっついた」

十三歳の金髪の少女ノーラは、みんなが何をはやし立てているのかすぐに気づき、ぽかんとしている少年を両手のひらで押しやった。スティーヴィが転んだとき、片膝がノーラのワンピースの裾にひっかかって、日焼けした膝から、色あせた青い下着の裾まで、少女の若い真っ白な腿があらわになった。

「ノーラは青いズロースをはいてるぞ」とからかいの叫びが変わった。彼女は立ち上がり反射的に服を整え、恥かしさと怒りで顔をこわばらせべそをかき始めた。そしてかばんを拾い上げ、子どもたちの輪を突っ切って走り出した。彼らは両脇にリンボクの茂みがつづく小道を走って追いかけ、「ノーラはスティーヴィにほれているぞ、ノーラのズロースは青いぞ、ノーラはスティーヴィと結婚するぞ」と声をはりあげる。しかし誰かが「ノーラに赤ちゃんできちゃった」と叫ぶと、合唱が始まった時と同じようにぱったりとやんだ。やり過ぎたのだ。子どもたちは走る速度をゆるめた。ノーラは次の曲がり角で見えなくなった。足の遅い子どもたちとスティーヴィがみんなに追いついた。大人に見られていやしないかと、みんな原っぱを見渡した。こういうことがやっかいなことになるのだ。みんなそそくさと家に帰り始めた。もうあまり口もきかず、互いにさよならを言ってそれぞれが家へ通じる小道へ曲がって行くたびに、子どもたちの数はまばらになっていった。一マイル行くと、スティーヴィはノーラと同年の少女と二人きりになった。二人は村までもう一マイル歩いて、途中コックス・ヒルを越えなければならなかった。

凍《い》てついた寂しい十月の田舎道を歩いていくと、ズック靴が枯葉を引きずってかさかさと音をたてた。男たちが長い畝《うね》のならぶ畑で寂しくじゃがいもを掘り起こしていた。そこでは雑草だけが青々とし、六月には花で揺れていた茎が枯れて燃えつきたマッチ棒のように一面に広がっていた。二人はおし黙って、枯葉の上を引きずるズック靴をじっと見つめながらコックス・ヒルの坂を登っていった。馬を怒鳴りつける声が川向こうの森からかすかに聞こえてきた。二人はこうしてじっと黙って歩いていった。スティーヴィは、からかいの言葉の意味が理解できず、傷つき恥かしく、今のように二人きりになる時を待ち望んでいた。彼女の方から話してくれるのを待っていたが、聞こえてくるのは彼女のズック靴が枯葉の坂道を登るかさかさという音だけだった。

「みんな大声でからかったなあ」とうとう、スティーヴィは口ごもりながら言った。「ノーラの上に倒れた時、みんなが大声でからかった」

少女の視線は歩きながら蹴り上げている枯葉にじっと向けられていた。

「みんなが大声でからかったんだ」はっきりと言ってみた。「テリーザ、ノーラの上に乗っかった時、みんな大声でからかったろ」今度はテリーザが目を上げて冷やかにじっと見つめたので、彼はたじろいだ。

「みんな大声でからかったわ」テリーザは認めた。

「だけどどうしてさ、おれはただノーラの上に倒れただけなのに」

「どうしてって、どうでもいいじゃない。みんな大声でからかった、ただそれだけでしょ」

「でも、きっと何か理由があったんだろ」

「あんたはノーラの上に乗っかったのよ」

「だけどどうしてみんな大騒ぎしたんだ」

「それが理由よ」テリーザは笑った。

「でも、それが理由よ、じゃ答えにならないよ。何かわけがあったんだろ」

「世の中、何にでもわけってものがあるの。わけ入る隙はないの」

「だけどどうしてさ、テリーザ。どうしてみんなはやしたてたんだ」

「どうしてあたしがそれを言わなきゃいけないの」

「どうしてはやめてくれ。教えてくれよ」

「あんたはまだ子どもってこと。そのうちわかるわよ。どうしてあたしがそれを教えなきゃならないのよ。それに答えてくれれば教えてあげる」

「おまえはおれよりそんなに年上じゃないじゃないか」懸命に、根気よく、あまり期待もしなかったが言い返した。

二人は丘のてっぺんに着いた。目の前には二人が住む村があった。遠くに湖があり、樽の桟橋がぷかぷかと揺れて浮かんでいた。大きなブナの木々の向こうにオークポート・ウッドの森が赤褐色に染まり始めているのが見えた。まばらな家屋や店も、道路わきのスズカケの木も、墓地にイチイとイトスギの老木がある教会の横で貧弱に見えた。教会のわきをシャノン川が流れていた。教会のはずれの石橋の下では、冷たい鉛色の流れが青白いスゲの広がる荒れ地に絶え間なくそそぎ込んでいた。荒れ地は川があふれるのを待っているのだ。

「教えてくれたっていいじゃないか」スティーヴィは食い下がった。

「あんたが大人にならなきゃ」テリーザは優越感に浸って動物みたいな笑い声をあげた。もうすぐテリーザは一人前の女になるのだ。すでに体つきは変化してきていた。彼女は振り向きもせずにもう一度笑い声を上げて走って坂を下り始めた。スティーヴィは追いかけようとしたが、気が重かったので放っておいた。彼は母親が亡くなった時と同じような徒労感と何もかもが混乱しているような感覚を味わっていた。自分の生命がすっかり流れ去っていくという恐怖と苦しみに襲われた。すると突然、テリーザが走って行く姿に身震いするほどの魅惑を感じ、思わず後を追った。しかし彼は再びノーラの柔らかい肌を思い出し、まだ耳に残っていた、みんながはやし立てたときの恥かしさに当惑した。「くーっついた、くっついた、男と女がくっついた」つらくなって、彼は目に涙を浮かべた。

次の日の午前中ずっと、教室はなんとなく張り詰めていた。お祈りの後、ケリー先生が何を言うのか子どもたちは待っていた。先生の言うことはいつもの朝と同じだったので、彼らはほっとした。「宿題帳を開きなさい。四年生から順にここへ来て宿題帳を机に提出しなさい」誰かが文句を言いにやって来ないかと、彼らは道路や校舎へ通じるコンクリートの階段をじっと見ていたが、誰も来なかった。ノーラの一つ一つの動きが注目の的になった。スティーヴィの動きも、そして、便所へ行ってもいいかと訊くために誰かが手を挙げる度に、注目を浴びた。その緊張はみんなが運動場に移動してもますます高まった。子どもたちは男女に別れて集まり、ノーラはこわばった様子で、壁際で一人で昼食を食べていた。それから、唐突に、年上の少女の一人が代表者ででもあるかのようにゲームの開始を宣言した。「ノーラが女王よ。さあ、ノーラ、あんたを女王にするから」少女達がノーラのまわりに集まり、まもなく遊びで浮かれて騒ぐ声が一面に響いた。校庭の反対側では、少年達が破れた靴下の毛糸にコルクを詰めたぼろきれボールを蹴り始めた。スティーヴィはこの遊びが昨日の夕方の「チェア」でのはやし声と重なり、ぎこちなくなっていくのがわかった。「くーっついた、くっついた」というはやし声がどうしようもない不安な気持ちと一緒になって彼につきまとっていた。でも、もう一度秘密を探ってみよう。帰りにテリーザに一ペンスのトフィー〔砂糖とバターを煮つめナッツなどを加えたキャンディ〕をあげよう。

その日の夕方、子どもたちは急いで「チェア」を通り過ぎた。立ち止まることすら思いつかなかった。「もう冬だし夏は過ぎたから、地面がだんだん濡れてきて遊べないもんな」そして、一人、二人、三人と、それぞれの小道に別れ、とうとう村へ向かう道ではまたテリーザとスティーヴィだけになった。このところ雨が降らなかったので、コックス・ヒルを登り始める二人のズック靴が枯葉の中でかさかさと音を立てた。毎日の学校帰りの夕暮れと変わらない風景だった。

「テリーザ、どうして今日はみんな静かだったんだろう。チェアのせいなのかな」とうとうスティーヴィは切り出した。

彼女はずっと答えなかった。それから笑った。心の中で自分の優越を確信しているのだ。

「たぶんね」

「でも、どうしてなんだろ、どうしてみんなはやしたてたりしたんだろ」彼女のわざとからかうような様子に彼の不安は絶望へと変わった。

「あんた知らないんでしょ」彼女は言った。

「うん、だけどおまえはわかっているのかよ」

「あんたはどうやって人が生まれるのか知らないんでしょ」彼女は言った。スティーヴィはぎくりとした。いろんな話は聞いていた。彼女の前でこれ以上物笑いの種になるまねはできない。彼はどうしたらよいかわからなかった。

「うん、知らない」スティーヴィは認めた。「おまえは知っているのか」

「もちろん知ってるわ。おかあちゃんがあたしとモーラにとっくの昔に全部教えてくれたもん。湖に泳ぎに行った日にね。泳いだ後タオルで体を拭いてるとき全部教えてくれたんだよ」

スティーヴィは頭の中で想像した。湖、水着、そしてタオルで裸の体を拭きながら母親が娘に秘密めいた話をしている姿を。「あんたがノーラの上に倒れて乗っちゃったとき、みんなが騒いだのはそれが理由だったのよ」テリーザがつけ加えるとスティーヴィはまた心を乱した。

ノーラの上に倒れて乗っかったとき、「くーっついた、くっついた」とみんながはやし立てた。絶望的な気持ちでスティーヴィは反芻してみた。ノーラの上に乗っかることと自分が生まれたこととどう結びつくんだろう。そのふたつが同じことなら、テリーザがちょっと言ってくれれば何もかもはっきりするのに。「チェア」での騒ぎ、自分のまわりで一日中感じた不安。なにもかも説明がつく。

黙ったままそんなことは気にしないというふりをしていたら、たぶんテリーザは話してくれただろう。だが、スティーヴィがトフィーを取り出したとたん彼女はうろたえた。

「教えてくれればトフィーをあげるよ」彼は小声で言った。

「何を教えるの」

「みんながどうやって生まれるのか。どうしてみんな騒いだのか」

「なんであたしが教えなくちゃならないの。トフィー目当てに教えてやって、罪を犯すなんて」テリーザはさっさと大またで歩いて行った。

「教えてくれてもそんなに罪にはならないはずだ。それにこのトフィーは昨日ヘンリーの店で買ったばかりで新しいんだぜ」スティーヴィは、何もかも罪という薄もやにつつまれて不安をつのらせ頼み込んだ。

「他にくれるものはないの。トフィーだけじゃ足りないわ」彼女の態度が和《やわ》らいだので彼の胸の鼓動は速くなった。彼女の目は欲しくてたまらない様子で彼の手にあるトフィーの包み紙の小さな緋色の冠模様に向けられていた。彼にはもうひとつあった。金色の時計の歯車で、ぐるぐる回転するのだ。

「もう他にはないからね」彼は不安そうに言った。

「じゃ、先にその二つをちょうだい」

「そうしておいて教えてくれないんじゃないのか」

「神さまにかけて誓うわ」

彼女が服のところでぞんざいに親指で十字を切ると、彼はトフィーと歯車を渡した。

「さあ」と促したが彼女はなかなか話し始める様子はなかった。

「どこから話したらいいのかわからない」彼女は言った。

「神さまにかけて誓ったんだぞ」

「まず自分で考えてみてよ」

「教えるって誓ったじゃないか」

「あんたには見当がつかないの?」テリーザは構わずに言った。「月曜日、学校へ行く時のこと覚えてないの?　モランのオス牛とギニー・ライアンが連れたメス牛のことよ。見当つかないの?」彼女はじれったそうに言った。

先週の月曜日、二人で学校へ行く時、牧草地に鼻に鎖をつけた黒い雄牛がいた。その雄牛はギニーが牧草地の入口近くで端綱で抑えつけている雌牛の方へモランを引っ張って行った。まず雄牛が荒々しく乗りかかり、その下で前足を曲げて雌牛がうずくまった。スティーヴィは自分が何百回も見てきた光景と自分自身とを結びつけて身震いをした。毎晩父さんは母さんと一緒に寝て、あんなことを母さんにしていたんだ。そうやって二人の寝床から自分が生まれたのだ。子牛が生まれるように自分はこの世の中にやって来たのだ。

「あんたにはまだわかんないの？」テリーザはせきたてた。

「それって、あのオス牛とメス牛みたいなことか」スティーヴィは思いきって言った。そんなはずはない。うそにきまってる。彼は彼女が笑い出すのを待った。

笑うどころか彼女ははっきりと頷いた。思った通りだったのだ。

「これで分かったでしょ」彼女は言った。「だからノーラの上に倒れて乗った時、みんな騒いだのよ」

それはあまりにも当たり前の、あまりにもきたならしく、あまりにもどこにでもある風景だったのだから、とっくに気づいていてもよかったはずだと思われた。

坂を下って家に向かっていく時、二人は口をきかなかった。道ばたではリンボクの房《ふさ》に小さな青い花が咲き、栗の実がときどききらっと光った。二人のズック靴が枯葉を踏みしめると、枯れて落ちた鞘《さや》がはじけて中から白い綿毛を吹き出した。「くーっついた、くっついた」あの声がまた彼の耳に響いてきたが、その意味はあまりにもはっきりとうすぎたないものになってきたので、もはや思い浮かぶものは何もなかった。

覆っていたものが引き剝がされ世界は一変した。スティーヴィはもう何もかも二度とこれまでと同じように見ることはないだろう。父さんは母さんと一緒に寝て、あのことをやったのだ。その同じ父さんが壊れた真鍮《しんちゅう》のベル飾りがついた大きなベッドで、夜、添い寝して、「これは効くんだぞ、スティーヴィ。気持ちいいだろう、スティーヴィ」と言いながら、おなかをさすってくれたんだ。あれがはじめて起こった夜から、いつもおなかをさするとおならが出て、気持ちよく寝られることをいっしょうけんめい説明してくれた。

子牛が生まれるように、自分は母さんから生まれたのだ。学校の誰もが農場で子牛が生まれるところを見たことがあった。そしてオーグーの教会墓地の聖具室の裏手、墓地の片隅に植えられたトネリコの下に、母さんの遺体が埋められている。父さんがあれをやった身体、僕はその身体から生まれたのだ。土の下で、敷きつめられた砂利の下で、棺《ひつぎ》におさめられて朽ち果てていく身体。スミスの店で三十ポンドで買った石灰石の十字架には、名前の頭文字NTが刻みこまれていた。この七月、家族で墓参りをした時、ジャムの瓶にさした三本のしおれたスイセンを抜き取り、白い砂利からヒナギクとタンポポを引き抜いて挿した。伯母さんが墓に植えたツゲのことでひと騒ぎがあった。もう根がついていたけれど父さんは怒ってそれを引き抜いてしまった。帰りに伯母さんの家に寄って、あんたには女房の墓に手を出してもらいたくない、俺が死ぬ番になってもつまらん木を子どもたちに抜かせるようなまねはしてもらいたくない、と怒鳴った。

テリーザと枯葉の中を歩きながら、スティーヴィは視線を自分の足に向けた。母親が死んだ時はすっかりしょげてしまった。思いがけず母親の名前が出てくると今でも涙が出てくる。だがそのことですら前とは違ってきていた。何年も前、母さんは裸になって裸の父さんの下で横になった。それが自分の始まりなんだ。一度はみんなと同じ昼間の明かりの中に立つ方が、暗闇の中で永遠に子どもでいるよりもいいのだ。

歩きながら、雄牛がしたように女の子や大人の女の人の上に乗っかるのはどんな感じなのだろうかとスティーヴィは思った。それが分かれば何もかもはっきりするだろう。夕方の帰り道でリンボクの茂みに隠れてテリーザを押し倒すことができればなあ。でも、テリーザにそんなこと頼めるだろうか。ちょうど病気が治りかけたあの夜のように、体がほてり熱くなった。あの夜、母親が服を脱いでベッドに入り込むのを見た。ベッドは病気が一番ひどい時に母親が彼の部屋に移動させていた。あの冬の夜、窓一面に雪が吹き寄せ、コマドリは窓の下枠のあちこちにとまっていた。部屋は夜遅くなっても暖炉の火と終夜灯で温かくほのかに明るかった。母さんのベッドにもぐりこんで、母さんの身体の隅々まで唇と指先で触れてみたくて仕方がなかった。ふと気がつくと、テリーザはどんどん一人で先を歩いていた。

動物の交尾がまた頭に浮かびスティーヴィは身震いをした。何年も前に父は母にあのことをやった。そこから自分は生まれたのだ。母の身体は今ではもう、ウジ虫とタンポポの根と一緒になってオーグーの土の下だ。そして父は壊れた真鍮のベル飾りのついた鉄製のベッドで毎晩おなかをさすってくれた。

「天にましますわれらの父よ、願わくは御名の尊《たっと》まれんことを、御国の来らんことを、御心の天に行わるる如く地にも行われんことを」と、突然、口を衝《つ》いて出た。スティーヴィは元気を奮い立たせて、一人ぽっちで村に帰ることにならないようテリーザに追いつこうとした。

（猪野恵也訳）

ラヴィン

Lavin

ラヴィンは僕が知り始めの頃には、もう少しで救貧院送りというところだったが、それでもまだ鑿《のみ》や、木槌《きづち》を地面に置いて、不自由な足をひきずりながら女の子たちのあとを追いかけ回しては、指を曲げて招き寄せるような手振りで、「おいで、ちらっと見してくれよ、あそこにゃもうちょぼちょぼ毛が生え始めてるだろ」などと言って、妙な覗き見るような薄笑いを、無精ひげをはやした白い顔に浮かべると、女の子たちは金切り声をあげて笑いながら、ラヴィンが近寄れないところまで素早く後退し続けるのだった。

ラヴィンがまだ若くて、目鼻立ちも整っていた頃、叔父さんが、ここらで一番豊かな農場だったウィローフィールドを遺してくれていたから、働く必要なんてこれっぽっちもなかったのに、奴はがむしゃらに大工仕事をして働いていたのだ、とか、女の子だったらよりどりみどりだったのに、まるで興味を示さなかった、とか、他の連中が飲みに出かけたり、ダンスのための着替えに帰宅した後も、夜遅くまで、脱穀場で乱雑に放り出されたままの道具を集めたり、麦畑で畝《うね》の隙間を埋めたりしている姿を目にしたものだ、というような話を聞くと、僕はきつねにつままれたような気になった。それに、なぜラヴィンが急にビリー・バーンズの店で深酒をするようになったのかも分からなかった。そんな風になる前には、どうしてもパブに行かなくてはならないときには、レモネードしかうけつけなかったのだ。バーンズはラヴィンの金が無くなると、つけで飲ませてやったということで、いろいろ言われていたが、ラヴィンが、針金で出来た茎のついた紙の造花を売りにきたジプシーの娘を強姦して、監禁するという事件を起こしたとき、ジプシーたちを追っ払うための金を払ってやって、その代わりにウィローフィールドを手に入れたのも、その同じバーンズだった。ジプシーたちは要求していた金を払わなかったら、さび付いた鏝《こて》で奴をずたずたにしにやってくると警告していたのだ。それからはちょっとした手間仕事をして金を稼ぐだけになったが、馬を使った仕事が機械に取って代わられるようになると、大工仕事も確実に減っていった。家の屋根は台所の上の他は全て抜け落ちてしまっていて、残った藁葺き屋根の上からはオート麦や雑草が芽を出していた。仕事さえあればどんな事でも、寒すぎたり、ひどい雨が降りでもしない限り、外にある長い荒削りの作業台でやった。

いけないと言われるとますますそうしたくなるもので、つい立ち止まってラヴィンのことをじっと見てしまったのが最初の出会いだった。そのときラヴィンは荷車の車輪の部品を仕上げていたのだが、木槌と鑿を置いて、僕が後になって何度も思い出すことになる、あの奇妙な笑いを顔中に浮かべながら言った。「おめえの姉さんたちは、いい女になったろうな。あそこにゃもう生えはじめてるか、おめえ見たか」

「ううん」この笑いに僕は脅えた。

「柔らかくて、軽くて、うっすらだよな」一言一言を撫で回すような声だった。目は笑っていない感じだった。

「見たことなんかないよ」僕はこう言いながら、誰かが道の向こうからやって来てくれないかと見渡し始めた。

「それじゃあ、おめえ、目玉がすりむけるくらいよーく見張ってなくちゃぁいけねえ。おめえは油断をしちゃいけねえんだよ、おい」声がさらに険悪になった。

「姉さんたちと一緒に寝てなんかいない」

「なにもおんなじ部屋で寝ることなんかねえだろうさ。ただ目がすりむけるくらいよーく見張ってるまでよ。姉さんたちが便所に行く音が聞こえたら、ねぼけた振りして中に入って行きゃいいだろ。そうすりゃ丸見えで、生えてるかどうか、しっかりわかるじゃねえか」声は調子づいて激しくなってきていた。

こうしていつもしつこくされるのが嫌だったからというよりも、あの笑いの裏に隠されたものが何かを探りたくて、僕はラヴィンが知りたがっていた情報を教えてしまった。

「上の二人には生えてるけど、下のはまだです」

「下のは、割れ目のついたまんじゅうだけなんだな」彼は勢い込んで聞いた。

「うん」僕は逃げ出したかったが、襟首をつかまれてしまった。

「髪の毛よりも柔らけえよな」

「うん」

「金色で、柔らかくて。うっすらと、だよな」

「うん。もう帰してよ」

「柔らかくて、金色。割れ目を覆う若い蔦《つた》」優しい声になり、顔中に笑いを溢れさせながら、ラヴィンは僕を離してくれた。「透き通るような金色で、下の皮膚が見えるってか。うっすらとした繁みが」喉を鳴らしてから言った。「ちょっと一緒に中に入らねえか」

「もう行かなくちゃ」

するど、僕がもうそこにいないかのように向きを変えて、紐も通っていないで大きく口が開いている靴を履き、足をひきずってドアへ向かった。僕が急いで離れていくと、ドアのかんぬきがこすれた音を立てて閉まるのが聞こえた。

その冬ずっと僕はラヴィンを避けた。足の状態が悪化して、次の冬には救貧院からは出られないだろうという話だった。そうなれば僕の恐怖も鎮まっただろうが、そうはならなかった。それに、僕はチャーリー・ケイシーのとりこになっていた。

チャーリー・ケイシーは学校の勉強では冴えなかったが、遊びはなかなかで、自信に満ちた笑いと白い歯、そして濃い灰色の髪の毛をした人気者だった。どちらも美人の十七歳と十九歳の黒い髪をした二人の姉と、夫をなくした若い母親がいたので、家の中ではいかにも成熟した女性に囲まれているといった魅力があった。僕は宿題を手伝ってやり、その見返りとしてケイシーはハンドボールの相手をしてくれた。僕たちは夕方小さな池で一緒にスケートを始めたり、暖かくなると川へ出かけたりした。ケイシーが学校を休むと、僕は具合が悪くなるほど心配になり、帰りのベルが早く鳴らないかということしか考えられず、それが鳴れば一目散にケイシーの家へ走って行った。

僕はケイシーと共通の世界を持てればと思って『デイヴィッド・コパーフィールド』〔イギリスの小説家チャールズ・ディケンズの自伝的小説〕を読ませようとしたが、いつも言い訳をしては読まなかった。学校が休みになり、僕が海辺で過ごさなくてはならなかった時、僕が戻ってくるまでには読んでおくと約束をした。海辺で僕は、このゆっくりとした一週間が過ぎたあと、あの川岸で『デイヴィッド・コパーフィールド』について二人がするだろう会話をあれこれ思い描いて、ほとんどの時間を過ごした。

休暇を終えて家に戻った朝、食事の時間も待てずに、僕はチャーリーの家に走って行った。僕は、どうだったと例の質問をして追及したが、チャーリーが「デイヴィッド」のデの字も読んでいなかったということがはっきりわかると、がっくりとなった。チャーリーもそれを認めた。「一生懸命読もうとしたんだけど、眠くなっちゃうんだ。暑すぎたから。雨が降ったら読むよ」

「約束したじゃないか」僕は責めた。

「本当だよ、雨が降ったら読むから。前みたいに一緒に川へ行かないか」

「川へなんか行きたくない。それよりラヴィンのところに行かないか」何か良くないことでもしないことにはおさまらないような気持ちになって、そう言った。

「そりゃいいな。あの老いぼれジョンのところに行こうよ」僕はチャーリーの熱意にかえって面食らってしまった。

僕はチャーリーがこんなに簡単に僕の提案を受け入れてしまうなら言わなければ良かったと思いながら、ゆっくりと重苦しい足取りでラヴィンのところへ向かった。

錆《さび》が浮き始めた道具が古い作業台の上に置きっぱなしになっており、ドアは開いていた。ラヴィンは足を足置きに乗せた格好で中に座っていた。赤いネルの混じったいろいろな色のぼろで包まれた足は、熱気で悪臭を放っていた。ケイシーは鉋屑《かんなくず》の散らばった床を横切って、空っぽの暖炉のところに行って訊いた。「ジョン、足はどうだい」

「がんばってるさ、チャーリー・ボーイ。でも息子のほうは全然調子が良くねえな」

「そりゃそうだろうね」チャーリーは大声で笑った。

僕はドアの近くに立っていたが、だんだんと怒りが込み上げてきた。

「二人のべっぴんちゃんはどうだい。あそこはもう黒々とたっぷり具合良くなってるに違いねえだろうな。ええ、中はおつゆで一杯か。それとも連中は剃っちまってるのか」そう言ってすぐに笑った。一言一言がくどくて、撫で回すような声だった。

「いや。剃っちゃいないよ、ジョン。藁葺き屋根みたいに黒々さ。ま、あんたの頭の上の藁屋根が草ぼうぼうでいられるのもそう長くはないだろうけどね」ケイシーは笑った。

「屋根のことはまあいいってことよ。それよりチャーリーのちっちゃいのはどんな具合だよ。ちゃんと生えてきたか」ラヴィンは指でそっとチャーリーのズボンの前ボタンに触れた。

「あんたが自分のを先に見せなくちゃ。オールド・ジョンのみたいな立派な大砲は見たことがないよ」ケイシーは戸口にいた僕に向かって笑って目で合図をした。

「言うより早くだ」突然ラヴィンはズボンの前を広げた。

「すごい大砲。しかも棒杭みたいに硬い」ケイシーはそれを拳で握り締めた。

「この硬いのが入っていく場所を知ってるか。女のあそこと墓の穴だけよ」ラヴィンは冗談を言い、笑うと黒い歯茎が見えるのだった。

「すごく硬いそいつを、ジプシー娘の中に突っ込んだんだよね、絶対。ねえ、オールド・ジョニー・ボールズ」ケイシーはからかった。

「そうそう。じゃ今度はチャールズのちっちゃなのを見る番だな」

「発射準備」ケイシーは笑った。僕はラヴィンがケイシーの前ボタンを外して、それを指でもてあそび始めたとき、大声を上げたかったができなかった。

「立派に大きくなって、これじゃいつだって飛ばせるよな」

ラヴィンはケイシーのペニスが硬くなるまでもてあそぶと、手を伸ばして暖炉の上の棚に置いてあった大工用の重たいものさしを取った。

「この前よりも間違いなく大きくなってるぜ。おい、おめえもドアのところなんぞに立ってねえで、どっちのちんちんが大きく伸びてるか見せてみろよ」ラヴィンは言った。

「いやだ」僕は怒りで涙が出そうになるのをこらえて言った。

「来いよ」ケイシーは挑むように言った。「オールド・ジョンに比べてもらおうよ」

「やりたくない」

「それじゃ、好きなようにしろよ」彼は言った。ケイシーがそう言って、ラヴィンのを計ろうとものさしを手にしたとき、僕は戸口から離れ、外で待つことにした。ケイシーがじきにやって来た。

「どうしてあんなことしたのさ」僕はすぐに攻撃した。

「時々オールド・ジョンのところに行って、奴を興奮させるのが好きなんだ」ケイシーは気軽にそう言った。

「何であんなことさせておいたのさ」

「それがどうかした？　あれで奴は興奮するんだぜ」

「ひどいよ」僕は今まで感じたことのないような激しい感情に揺す振られて言った。

「え、それがどうしたのさ。奴はもうすぐ救貧院行きだぜ。それより泳ぎに行かないか」

僕は不機嫌に沈黙したまま並んで橋を渡った。一緒に泳ぎたかったが、それを避けたくもあった。そして心の奥ではケイシーを憎んだ。歩きながらだんだん気持ちが落ち着いてきた。僕は船小屋で夜誰かが仕掛けた釣り糸をケイシーが手繰る手伝いをした。餌がきれいに食われていて、魚はかかっていなかった。背の高いサンザシの木が生えているせいで、道からは川の様子が見えなくなっている場所へ歩きながら、僕たちは再び話をし始めた。川岸で服を脱ぎ、僕たちは泳いだ。そしてそのあとで暖かい苔の上に横になり、ブリーム

〔コイ科の淡水魚〕が葦《あし》の向こうで群れをなし、黒い背びれがのんびりと静かな水面の上を動き、ゆっくり体を反転させると腹の白い部分が光って見えるのを眺めていると、サンザシの向こうの道で馬車についた鈴が鳴るのが聞こえた。

サンザシの植え込みが終わっているあたりにある鉄の水門のところで、二台のジプシーの箱馬車と一台のバネつき馬車がやってくるのが目に入ってきた。馬車の背後のカーテンの掛かった小さな丸い窓が太陽を受けて光り、車軸にくくりつけられたロープにつながれた二匹の犬が赤い車輪の間を頭を下げて黙々と走っていた。時々馬の頭の上で鞭が音を立て、馬具に付いた鈴をじゃらじゃらいわせた。

「ラヴィンは、本当にうわさ通り、ジプシーの娘とやったと思うかい?」僕は訊いた。

「もしやってなかったら、農場を売り払うこともなかったんじゃないか」ケイシーは遠まわしな推理をした。巨大なペニスが、身もだえするジプシー娘の身体の中に深く押し込まれて行く光景を想像すると、僕は身体が震えるほど興奮した。

「君と僕とで、さっき通り過ぎたのみたいな、二台の箱馬車があればいいね。二人で一台の馬車に住んで、もう一台には四人の女を乗せるんだ。そうしてアイルランド中を行くんだ。女たちには僕たちがさせたいことを何でもさせるんだ」さっきケイシーがラヴィンに積極的だったとすると、今度は僕が引っ張っていく番だった。

「それはすごいだろうな」ケイシーは答えた。

「女たちは僕たちが服を脱げと言ったら、すぐに脱ぐんだ。そうしなかったら鞭で打ってやる。先っぽに鉄が埋めてある、ああいう鞭で打ってやるんだ。血が出て、お願いだから止めて、って僕たちの膝にすがりついてくるまで打ってやるんだ」

「ああ、裸にして、四つんばいにさせて、牛みたいに後ろからやってやるんだ」ケイシーはそう言って草むらの中のカエルを捕まえるために横っ飛びに飛んだ。枯れた葦の茎を手にすると、カエルの腹の中に差し込み始めた。「こうしてやるとくすぐったがるんだぜ。本当さ」

「ねえ、二人であれをやってみようか」興奮のあまりあそこが堅くなり、おずおずと聞いた。ケイシーは僕の言わんとすることをすぐに理解した。

「最初は君にしてやるよ」枯れた葦の茎が身体から突き出しているカエルを手にしてケイシーが言った。「そのあとで君が僕にしてくれよ」

「先に僕が君にしてやるよ。そのあといくらでも僕をやればいいじゃないか」

「いやだ」

恐かったが言葉にはださなかった。最初に楽しんだ者は、その相手を征服したという気持ちになるから、自分の身体を相手の言いなりにさせるような事にはならない。僕たちはお互いに視線を避けた。僕は枯れた葦の茎がカエルの身体から出たり入ったりしているのを眺めた。

「痛いんだってね」僕は言った。もうそれをやり遂げなくてもいいんだと思うと、ほっとしていた。

「ああ、きっとすごく痛いだろうな」チャーリー・ケイシーはしきりに強く相づちを打った。「女を二人捕まえて、やった方がいいよ。カエルは水の中だったら長く生きられるって話だぜ」

「見てみようよ」

僕が川岸で石を一つ見つけ、二人でカエルの片足を釣り糸で石に縛りつけた。そのカエルを持って、浅い支流が合流している場所まで、百メートルほども川岸をさかのぼった。石を川に落とし、カエルがもがいて水面にあがってこようとしているのを眺めた。しかし、カエルは何度試みてもその度に釣り糸に引っ張られてしまい、だんだん力も弱くなり、ついには溺れてしまった。

僕たちは黙って橋を渡ったが、気分はさっきまでとはすっかり変わってしまっていた。その日からしばらくは僕は学校でケイシーの勉強の手助けをしてやったこともあったが、学校が終わるとお互いに避けるようになった。まるで二人がもう少しで知ってしまったかもしれない、あの恥かしいことが表面に現れてしまうのが恐いような気持ちだったからだ。

その後ラヴィンの姿は二度と見ていなかった。その年の十月に救貧院、いや、国はその頃には養老院というような名前で呼んではいたが、そこへ入れられたのだ。低い生垣がリンボクの実で青くなっていた頃の話だ。

ケイシーは現在結婚していて子供もおり、マンチェスターのどこかで「王冠と錨」という名前のパブを経営しているらしいが、僕は探してまで訪れようと思ったことはない。それどころか、今ではほとんど思い出すこともない。しかし僕は年を経るにつれて、ラヴィンの姿を思い出して困らない日は一日もないといっていい。しかも、目鼻立ちも整っていた若い頃の姿なのだ。他の連中が飲みに出かけたり、ダンスのための着替えに帰宅したあと、きれいになった小麦畑で散らかった道具を片付けているラヴィンの姿なのであった。

（東川正彦訳）

クリスマス

Christmas

孤児院を出てモランのところへ働きに行くとき、切符と合わせて一通の手紙を渡された。開封せずにモランに渡すように言われたが、むしろそう言われたので俺は車中で手紙を開けた。そこには、保護観察中につき非行逃亡の際は直ちに監督者まで連絡されたい、とあった。俺は手紙を破り捨てた。俺は非行か逃亡をするかもしれないと思ったからだ。もし聞かれたら手紙はなくしたと言えばいいと腹をくくっていたのだが、モランは手紙を見せろとは言わなかった。

モランも奥さんも俺によくしてくれた。食事は孤児院で出されるものに比べてずっと充実していた。日曜といえば必ずロースト・ビーフがでた。また寒くなると、町へ連れて行ってウェリントンブーツや外套や耳をすっぽりおおう耳当ての付いた帽子を買ってくれた。一日の仕事が終わってモランがパブへ行ってしまうと、奥さんが編物をしている傍らで、炉辺に座ってラジオを聞くことができた。一番の楽しみはドラマだった。奥さんはクリスマスに俺にくれるセーターを編んでいるのだと言った。奥さんは時々孤児院での生活について聞いたが、俺がその話をするとため息をついて、「じゃあうちへ来てよかったのね」と言うので、そうだと返事をしたが、実際その通りだった。俺はたいていモランがパブから戻る前に寝てしまった。戻ってくるとよく夫婦喧嘩が始まるからで、そうなると二人の生活に俺の立ち入る余地はなかった。

モランは製材所で安物の枝や売り物にならない材木を買ってきて、それを薪用に切り直したものを売って生計を立てていた。俺はその材木を、モランがジプシーから買った老馬に引かせて配達した。馬はそだに火が灯《とも》るたびに人間じみた声をあげていなき、この馬が走るのはほとんどこのときだけだったが、走って行って、木材から出る煙の一番濃い場所に自分の鼻を突っ込み、すっかり満足して立ち尽くすのである。モランの機嫌がいい時は、煙が出てくるのを期待して馬が興奮するのを見ようと、火をつけて面白がった。

こんな生活は、ずっと続いていてもよかったのだが、俺が愚かな期待を抱き、それがグレイ夫人にさらに愚かな期待を抱かせてしまったため、長続きすることはなかった。その一件のせいで、それ以来、人が互いに相手をあてにして、幸せとか何とかいうやつを手に入れようとするときにはこうなるものだと俺は思うようになった。グレイ夫人というのはモランの上得意客だった。彼女は息子がイタリアでの空中戦で戦死すると、アメリカから渡って来て、マウントイーグルのてっぺんに大邸宅を建てた。

グレイ夫人に届けるいつもの荷を一杯に積んだ夕方、頭上の葉を落とした枝からの雪解けは止んでいた。もう水滴が枯れ葉に滴《したた》り落ちることもなく、森は白い霜につつまれ凍ったように静まり返り、わずかに下草の中で鳥が立てるやかましい音がするばかりだった。モランは荷馬車の木枠の上に最後の丸太を慎重に積み上げた。そして俺はモランに干草入りの袋を放りあげだが、そのために積荷が実際以上に大きく見えた。「マーフィーの店に寄ってグレイさんに届ける灯油を仕入れるのを忘れるなよ」と彼は言った。「ああ、忘れません」「あの人は今度のクリスマスには間違いなくお前にチップを奮発するはずだ。みんなでクリスマスに金が使えるってわけだ」彼はいつもその金を自分の喉に酒を流し込むのに使った。「そろそろ出かける時間です」と言うと、「お前が向こうに着くころにはすっかり夜になっているだろうよ」と彼は言った。

荷馬車は木々の間に生えた根を越えようとして揺れ、俺は手にした冷たい鉄のはみの輪を、荒れて黒ずんだ馬の鼻面に近づけてもち、馬は白い息を大気の中に右に左に吐き出した。湖畔を廻る小道に通じる小放牧地を横切った。車輪は白く硬く凍った草地に二本のわだちを刻み、草は鋼鉄に押しつぶされた。俺は山道へ通じる木の門を開けねばならなかった。小さく蹄鉄を付けたひづめが、山路の二本のわだちの内側の草地にできた二つの隆起の間で揺れた。老馬の体は車輪が左右のわだちの窪みに落ちるたびに轅《ながえ》の動きに合わせて揺れた。

湖水一面に氷が張り、鏡のような湖面には湧き水が凍って白い汚点となってついていた。バラ色の太陽の光が入江の向こうのオークポートのモミの樹林に矢のように降り注いでいた。

森の中でチェーン・ソーがまたうなり始めた。モランは日が射しているうちは木を切っていた。「金を稼ぐのは生易しいことじゃねえ。息抜きに一、二杯ひっかけなけりゃかなわねえ、この手のマメときたらな。これじゃあ寝てる方がいいのかも知れんな。精力は取っておけるし、食事の量も減らせるからな」しかし、あれこれ言いはするが相変わらず、船が川を下って木材を製材所に運んでくるとマカニッシュから安い枝を買うのだった。

馬を教会の門につなぎ、通りを横切ってマーフィーの店へ行った。「グレイさんに届ける灯油を頼むよ」

店は男たちで一杯だった。カウンターに座っている者もいれば、果物の木箱に座る者、壁に沿ってバケツを逆さまにして座る者もいた。この連中は始めのうちはいつも俺を困らせた。言葉の分からない、知らない国の店へ入っていくのと同じような気分だった。彼らも俺が、あいつらの言葉で「乗ってこない」人間だということが、分かってきていた。よく彼らは、俺が反応するのを期待して後頭部めがけてトマトを投げてきたものだが、何も起こらないと分かって、もう構ったりはしなかった。俺が彼らに対して何か感じるものがあるとすれば、恐怖心の混じった軽蔑であった。俺は俺だし、奴らは奴らだ。

「グレイさんに届ける灯油が欲しいんだな？　俺がお前さんだったら、どんな灯油を届ければいいか分かるさ」と、ジョー・マーフィーが主人らしく構えたカウンターの中央から言った。するとそれに調子を合わせて馬鹿笑いが四方の壁ぎわから起こった。

「グレイ様ご用達の灯油だとさ」と誰かが大声で言った。すると更に輪をかけて喝采が起こった。そしてその騒ぎが収まると別の声が言った。「なあジョー、あんたカウンターに座っている間に、こっちにオレンジを一つ投げてくれや」

ジョーは棚に手を伸ばし、スペインタマネギをつめた袋に座っていた男にオレンジを投げてやった。男がオレンジを受け止めようとぐっと前へ手を伸ばした拍子に赤い網目の袋が崩れ、タマネギの上にどしんと尻もちをついた。「お前さんのきたねえ無様《ぶざま》なけつで、タマネギをつぶそうっていうのかい。さあ、タマネギの代金払ってもらおうじゃねえか、ええっ！」ジョーは太い足でカウンターから降りながら叫んだ。

「近頃はタマネギに誰でも飛びついてくるからねえ」男は気弱そうに笑って、弁解し、網袋を真っ直ぐに立て、オレンジの箱に座り直した。

「あんた自分のタマネギを買ったんだから、金を払ってもらうよ」

「そうだ、やつに払わせろ」とみんなが叫んだ。

「それはそうと、お前はグレイさんに灯油を届けなきゃならなかったんだよな」と言って、ジョーはブリキの缶をつかむと、部屋の隅の平らな台に載せた円筒形の容器の方へ行って銅栓をひねった。

「さあ、ご用達の灯油を届けてきな、クリスマスだからな」とジョーは同じことを繰り返して、缶のキャップをひねって固く締めた。むくんだ顔の上に黒い髪がだらりと垂れていた。

「グレイさんご用達の灯油」とはやし立てる声は俺を追いかけてドアの外まで聞こえてきた。

「あいつめ、顔の筋肉をぴくりともさせなかったぜ、あのちび野郎。ああいう孤児院出のがきは手がつけられねえ」俺はそれを聞いてすっかり満足して、灯油缶を馬車に積んだ薪の間にしっかりとしまいこんだ。道路にできた穴ぼこに張った氷に一番星が映っていた。たまたま告解の夜で、自転車のライトが、夜の闇の中から人目を避けるように近づいてきた。そのランプのまぶしい明かりに照らし出されて俺はランプの背後で暗い影となってぺダルを踏んで通り過ぎる人物が誰だか分からなかった。おかげであの店で一度は感じたものの押さえ込んでいたはずの恐怖心がまともにわきあがってきた。鞭を取って、渋りがちの馬に当て、精一杯の速さで坂道を登らせ、荷物を運んだ。

燃料小屋に薪を積み上げた後、灯油はどこへしまえばいいか確かめようと裏の戸口へ行って戸を叩いた。グレイ夫人が戸を開けた。

「クリスマス明けまでもう配達はありません」と缶を置きながら言った。

「分かってますよ」と夫人はにっこりと笑みを浮かべ、一ポンド札を差し出した。

「それは頂かないことにします」先ず最初の失敗はここだった。もっと大きな賭けに出てしまったのだ。

「何か受け取ってもらわないと困りますよ。薪以外にも、いろいろ村からの知らせをもってきてくれたんですもの。あなたがいなければ、どうしていいか分からなかったところよ」

「お金はいりません」

「じゃあクリスマスに何をあげようかしら」

「何なりと奥さんのお好み次第の物で結構です」孤児院出にしては、「お好み次第」とはうまい言い方だと思った。

「じゃあ少し考えさせてください」とグレイ夫人は言ったけれど、馬を庭から外へ連れ出しながら俺は馬鹿みたいに幸福感に酔いしれていた。

「灯油と薪は無事向こうさまに届けたんだな」温かい食べ物の匂いのするところへ入っていくとモランがにこやかな笑顔で迎えた。すでに上等の服に着替えて、疲れの色を見せながらも満足げに、大きなテーブルの上座で食事を終えようとしていた。

「大丈夫でした」と俺は答えた。

「馬は小屋に入れて餌を与えたんだな」

「押し麦をやっておきました」

「もちろんグレイさんは喜んでいただろうな」

「ご機嫌のようでした」

モランは貰った物は出せといわんばかりの手つきで、「じゃぁ、お礼に何かいいものを貰っただろうが」

「いえ」

「まさかグレイの奥さんがお前に何もくれなかったって言うんじゃあるまいな」

「今夜くれなくてもきっとクリスマスが来るまでにはくれると思います」

「それはくれるだろうが、これ迄は最後の荷を届けた時に決まって一ポンドくれたんだ」

とモランは怪訝《けげん》な口調で言った。さっきまでのあのご機嫌ぶりは消えてしまった。

気晴らしに一、二杯飲みに行くつもりで、彼は帽子と上着を手に取った。

「数時間後に国家の急があっても、俺の居場所は分かるな？」と出がけに彼はモラン夫人に言いのこした。

グレイ夫人はクリスマス・イヴに大きな箱を抱えてやって来た。毛皮のコートを着た夫人からは香水とジンの匂いがした。急いでいるから椅子はいらないと言い、俺に赤いリボンを解いて包み紙を開けるように言った。

箱の中には模型飛行機が入っていた。白と青色に塗られ、タイヤからは真新しいゴムの匂いがした。

「ねじを巻いてごらんなさい」

俺は涙がこぼれ落ちそうな目をして、馬鹿みたいににこにこしているグレイ夫人の顔を見上げた。

「奥さんがああおっしゃるんだからねじを巻いたらどうだ」とモランの声がした。俺は何をすることもできなかった。モランが俺の手から模型を取り上げてねじを巻いた。尾翼で灯火がピカピカ点滅した。プロペラが回転し飛行機はコンクリートの上を疾走した。

「わざわざ持って来ていただいて申し訳ありません」とモランが抜け目ない声で言った。

「この子がお金は要らないと言った時は立派なことだと思いましたよ。私のあの子はクリスマスにはなによりも模型飛行機を喜んだんです」と言って、またグレイ夫人は泣き出しそうになった。

「あの悲しい出来事につきましては私ども一同今でもご同情申し上げております」とモランが言った。「こんなすばらしい贈り物をもらって、グレイさんにお礼を言ったらどうだ。もったいない贈り物だ」

これ以上怒りを抑え続けることはできなかった。「こんな下らないもの」と言って俺は声を立てて泣き出した。

後になって思い出すと、モランが弁解やらいいわけを並べてグレイ夫人を戸口まで送り出す声だけが漠然として記憶に残っている。

「孤児院あがりなんか信頼するんじゃなかった」とモランは戻って来て言った。

「お前のお陰で一ポンドは貰い損ねるし、その上あのご婦人と亡くなった息子さんを侮辱したんだ。思ったより大分早く元いた所へ戻ることになりそうだ、なあ、お前」モランは蹴とばしたいとでも思ったのか飛行機をブーツでちょっと動かしたが、それにかかった金のことを考えて思いとどまった。

「このクリスマスはその飛行機に乗ってせいぜい空の旅を楽しむがいい」

真夜中のミサを知らせる二時の鐘が鳴った。モランがミサの前に一杯飲みに慌ただしく出掛けてしまうと、モラン夫人は窓のカーテンを外し、窓ごとに一本ずつ蠟燭を置いて火を灯し始めた。その後で俺たちが教会へ歩いていくと、家々の窓に蠟燭が灯り、教会は明るく光り輝いていた。俺はあの小柄な老婦人のことを恥かしく思っていた。人々で混み合うベンチの間を通り世話係に案内されて婦人用の脇祭壇の席へ歩いて行く時、周りの人が俺とあの婦人とは関係があると考えるのではないかと気懸かりだった。燃える蠟や、花や湿気をおびた石が匂う中で、孤児院で貰った褐色の数珠《じゅず》と表紙に金色の十字架をあしらった黒い祈禱書を取り出し、真夜中のミサという退屈な数時間に向けて覚悟を決めにかかった。が、実際はそうならなかった。

酔っ払った警官ガード・マリンズが入口で番をしていた世話役たちの傍らをこっそりすり抜け、女性たちのいる脇祭壇に入り込んだのだ。ミサが始まるとマリンズは教師の妻に、彼女が立派な毛皮のコートを身につける前、まだバー勤めをしていたころ、彼女の尻のさわり具合が何と良かったかと言い、「それが今や、名だたるバラ園でもその華麗さにおいて奥さんにならぶものはありますまい」と言った。世話役たちはこの男を追い出したものかどうか慌てて相談し、結局そのまま放っておく方が騒ぎは小さくて済むという結論になった。マリンズは、モンシニョル〔高位聖職者に対する敬称〕が説教壇に登って、例年どおりの平和と福音の季節の勤めを始めるまでは正体もなく酔って静かにしていた。「父と子と聖霊の御名によりて、このクリスマスに、キリストの最愛の御子達よ、願わくは……」モンシニョルの祈りが始まるとマリンズは目を覚まして熱烈に褒めそやした。「いいぞ、いいぞ。その通り、もうそれ以上つけ加えることなど一言もない。あんたこそわたしの心に適《かな》った人だ。偽善者はやっつけろ」モンシニョルは警官の方を見た。ついで世話役たちの方に目を向けたが、またしても「いいぞ、いいぞ」という声を浴びると原稿を閉じ、とげとげしい言葉遣いで一同に、神聖にしてめでたきクリスマスを迎えられるようにと述べて、憤然として説教壇を降り、教会始まって以来最も短い真夜中のミサを締めくくったのである。しかしこれで余興が終わったわけではなかった。聖体拝領者が柵を出てやってくると、マリンズは、しかつめらしく頭を垂れ、固く手を組み合わせて通路を歩いて来る収税吏を見つけだし、大声で、「教区一番の偽善者がいるぞ」とわめき、その場にいたほとんど全ての人を喜ばせたのだ。

窓辺の火を灯された蠟燭の傍らを通り過ぎながら、俺はマリンズが自分の仲間に思え、生まれて初めて自分が保護観察中の身であることに誇りを覚えた。モラン夫妻と過ごすのを避け、屋根裏部屋で、二人がマリンズの悪口を言うのを大喜びで聞いていた。その声が静まるとこっそり降りて行って、マッチ箱と飛行機をもって馬小屋へ行った。乾いたわらを集めて山をつくり、それに火をつけると煙が立ち昇った。馬が人間じみた声でいななくので、留め綱を解いてやり、馬は煙の濃い場所に鼻を突っ込むことができた。燃えるわらの明かりを頼りに、青と白色の玩具を壁にもたせかけて、蹴り始めた。蹴るたびに新しい喜びが俺の血管に湧いてきた。繰り返し蹴るまでもなくこの見事な玩具は無様な姿になり、わらが燃え尽きようとした時に、馬小屋の床の上で俺は玩具をぺしゃんこに踏み潰した。馬は俺に鼻をこすりつけて、消えかけた火にもっとわらをくべろとせがんでいた。

　気持ちが落ち着いてくると、モランに渡すことになっていた封をした手紙を列車の中で破り捨ててよかったと思った。灰の中から、人間の期待の愚かしさの中から、新しい生命がすでに生まれかけていると感じていた。

（花田千旦訳）

鍵　The Key

二人は駐在所の建物に持ちこまれた狐の死骸から舌を切り取ると、灰色の猫に投げてやったり、金網のむこうの庭目がけて放り投げたりした。狐の駆除キャンペーン中は死骸一つにつき半クラウン〔旧貨幣制度。一ポンド＝二十シリング、一シリング＝十二ペンスの体系の中で二・五シリング〕もらえることになっていた。その金目当てに同じ死骸を持ちこまれないように舌を切り取るのだ。朝は雨が降っていなければ「警察官募集」や「シスル・ラグウォート整備場」のポスターを掲示板にはり、雨が降りだすか夜になるととり外した。

巡査部長とその部下のバノン巡査にはそんな仕事が他にもあった。最近の事件らしい事件といえば、四年前にマイク・モランがギニー・マックラフリンのトラクターのスペアタイヤを盗んだというものだが、モランがタイヤを川に放りこんでしまったために、有罪にできるだけの十分な証拠は得られなかった。平和な時の軍隊のように仕事は退屈で、二人はかわりばえのしない無意味な日課を行った。毎朝九時にバノンが一人で整列し、巡査部長が点呼をとる。自転車で地域の道路を巡回しては何時間かをつぶす。ただどちらか一方は必ず部屋にいて、めったに鳴らない電話のそばで番をしていなければならなかった。こうした規則が守られているかどうか、町にいる警視がぬきうちで調べに来るからだ。しかもこの視察は、巡査部長が自分のところの庭仕事に精を出している時にばかり行われた。巡査部長は日誌の上では巡回中になっているので、警視の車を見つけると、まず川沿いの木立めがけて走り、その車が走り去るまでずっとそこに隠れていた。それから草の茎をかみながらのんびりと、でもどこか落ちつかない様子で戻ってきては、何かあったかとバノンにたずねるのだった。

この状況は巡査部長がモロニーのところの競売でお楽しみ袋を買ってから一変した。売れ残ったがらくたはお楽しみ袋というやり方で最後に処分された。大きな砂糖袋に入れられていた。巡査部長の袋にはナットとボルトが二缶と黄ばんだ医学辞典が一冊入っていた。

それからというもの、バノンは自転車での見回りに追いやられてしまった。巡査部長は一日中執務室に閉じこもり、病気やその治療法がこと細かく記されている黄ばんだページに夢中になっていた。菜園では芽ぶいて間もないレタスを雑草が覆い始め、水を与えられないジャガイモの葉の縁は黒くひからびて落ちてしまった。夏の雷とともに激しい雨が降ると、雑草はますます伸び放題になった。そんな時、僕は執務室に呼ばれた。

「まあ座れ」父は空っぽの暖炉のほうに向けて椅子を勧めた。テーブルの上の帳簿の間には例の辞典が開かれていた。見返しのページには、消えかかってはいたが紫色のはっきりとした活字体で「パトリック・モロニー医学博士　一八九三」とあった。

「お前ももう大きいんだから、誰だって永遠には生きられないってことぐらいわかってるな」そう切りだしてきた。

「うん」

「何かこうしたいという希望があるなら、それに向けて準備するのは当たり前だ。そうだろう?」

「うん」

「俺とお前の年を考えれば、どうしたって俺の方が先にあの世行きだ」

「そんなのまだ先の話じゃないか」

「前はそう思っていたんだが、それはまちがいだった。お迎えの来る日や時間なんて誰にもわかりゃしない。あの愚かな娘たちがいい例だ〔「マタイ伝」二十五章一〜十三節参照。花婿がやってきたときに愚かな娘たちは油の用意をしていなかったので、婚礼の席に出してもらえなかった。いつも目をさまして準備していなくてはならないというたとえ〕」

僕は木の椅子の上で身を固くしていた。

「もし俺が逝《い》ってしまうと、お前が一番年上になるんだから、弟や妹たちの面倒もお前がみてやらなきゃいけない。自分たちのことは自分たちでどうにかするってことを覚える時期がきてるんだ。だからこの夏はお前たちに菜園と薪の世話をしてもらいたい。俺はこの世にいないものとしてな。そうすれば、お迎えが来たときに慌てるってこともないだろう」

「でも、こうしてここにいるのに」

「いちいち説明しなきゃわからないのか」父は突然どなった。「菜園と薪に関する限り、俺は存在しないんだ。いつまでも俺に頼ってばかりじゃいられないってことをわかってもらおうと、こっちだって努力してるんだぞ。クリスチャンとしての当然の務めだからな。いいか」

「はい」

「まずこのことを他の連中に知らせろ。何事も最初が肝心だ。いいな」

「はい」

僕は長い廊下を抜けて住居の方に向かった。石の床の上で遊んでいる弟たちの叫び声がどんどん大きくなった。「この世にいる。この世にいない」何度も何度もくりかえして言ってみた。状況を説明するための言葉を見つけようとしたが、この状況自体に僕もとまどっていた。

説明しようとすると弟たちは笑った。それで僕も大声をあげた。「冗談じゃないんだよ。僕たちの手助けはしないって言ってたんだ。お父さんがいなくても生きていけるようになれって。そうしなきゃいけないって言ってたんだよ」

菜園の草むしりには退屈で長い時間がかかり、僕たちの手はまっ黒によごれた。でもオークポートからボートで薪を運んでくるのは楽しくて、単調な畑仕事のうめあわせになった。川岸に薪の山ができると、父は「苦労が一番」とばかりにうなずいた。

暑い日には父も外に出てきて執務室にあった黄色い椅子に腰をおろしたが、例の辞典も一緒だった。頭上では、幼いツバメたちが雨樋《あまどい》の下にある泥の巣と巣の間を飛びまわっていた。菜園から聞こえてくる笑い声が父を苛立たせた。弟たちは互いに泥を投げあっていた。すると父は本を置いて、僕が畝《うね》を固めたり、タンクに半分ほど入った水を噴霧器でジャガイモの苗にまいているところにやってきた。

「これじゃ十分に働いてるとはいえないぞ。弟たちからも目を離すな」

「あいつらが言うことを聞かなかったらどうすればいいのさ」僕はびしょぬれになり、水のしたたる苗木の列を固めるのに、うんざりしていた。

「鞭で打ってでもやらせるんだ。それがおまえの役目だ」父はこう言うと立ち去った。本に戻りたくてしようがなかったのだ。

「静かにしてもらわないと」

キャリックの巡回裁判に出向いた父は、ぴかぴかのステンレス製ケースに入った体温計、センナの葉〔下剤〕、サルファ〔細菌性感染症の療法剤〕、カスカラ〔緩化剤〕、白や灰色のさまざまな粉末、ばら香水、細口のガラスびんなどを持ち帰った。父はガラスびんで自分の尿を採取し始めた。そして毎朝、その壊れやすいびんに入った液体を窓明かりのそばまで持っていっては沈殿物を調べるようになった。歩き方がゆっくりと注意深くなっていった。

秋の巡回裁判からは、牛の頭と血のしみがついた新聞、軍の放出品で爆弾が入っていた迷彩柄の箱を持ち帰った。父は牛の頭をまんなかから開いて脳みそをかきだし、にごった目玉を眼窩から切り離し、ゴムのような触毛のついた黒い唇の内側を取りだして見せた。

シチューを作るため、僕たちは寝る前に牛の頭を弱火にかけた。翌朝、父は起きてこなかった。靴で床をたたいて僕たちを呼び、今日は具合が悪いとバノンに伝えろ、と言った。九時、日誌の記入を済ませたバノンが様子を見に階段を上がっていった。そして下に戻るとすぐに警察医のニアリーに電話をした。

ニアリーは昼間の診察に行く途中で立ち寄った。バノンは寝室のドアまでつきそった。

低い声でささやかれる質問と返事。靴の動きにあわせてぎいぎいいう床板のきしみ。最初に聞こえてきたのはそれぐらいだったが、そのうち声の調子が強くなった。再びひそひそ声に戻ったかと思うと、医師があれこれ診察をしていたと見えて、前よりもひどい大声になった。大声につられて階段の下の開けっぱなしのドアまでやって来たバノンは、手を後ろで組んでじっと聞き入った。声が静まるたびに執務室に戻り、窓から道路をしっかり見張ろうとするのだが、またどなり声がして、結局、階段の下にひき戻された。見るからに不安そうで、制服の上着の前をあわせて下にひっぱったり、白いハンカチを袖のずっと上の方までつめこんだりしていた。と、そのとき寝室のドアが開いてすぐに閉まり、医師が速足で階段を降りてきた。バノンは開いた戸口の内側に立って、医師が階段の下に来るまで姿を隠していたが、ぺこぺこしながら現れると正面玄関の重いドアのかんぬきをはずし、砂利道までついて行った。往診は長引き、医師の診察開始時間である正午はとっくに過ぎていた。

「別にたいしたことはないんですよね?」バノンは砂利道のところで思いきってたずねた。

「とても深刻だよ――致命的だね」鞄を車の助手席に置きながら医者は怒ったように皮肉な口調で答えた。

「しかも自分で全部わかってるって言うんだから。だったら私が診る必要がどこにあるんだ」

「どれくらい病欠ってことになるんですか？」バノンは遠慮がちに言った。

「お迎えが来るまでだ」医師はそう答えたものの、車のドアを閉める前に言い直した。

「水曜までだ。私も水曜に来る」

僕たちは牛の頭のスープとミルクプディングを運んでいった。川に面した窓はぴったりと閉じられ、ブラインドも半分下ろされていたため、部屋の空気はむっとしていた。朝と夕方、バノンが業務報告や近所のうわさ話をしに来たが、まったく興味を示してもらえなかった。父はセンナの葉の汁と白い粉で自分用にこしらえた調合薬を一時間毎にスプーンで飲んでいた。

水曜日、診察時間よりもずいぶん前にニアリーが現れた。今回は二階の部屋はずっと静かだった。もっともドアはずっと閉まったままだった。「俺は専門家に診てもらいたいんだよ。田舎のやぶ医者どもではなく」バノンは階段の下で待機していたが、そこに降りてくる医師の足音も今回はずっと静かだった。重いドアを通って二人が砂利道に出ると、葉脈まではっきり見える街路樹のスズカケの葉が、建物の壁の方に風で飛ばされていた。ためらいがちにニアリーがたずねた。「病気になる前に何か変わったことに気づいたかね？」

「どういう意味ですか、先生」バノンはいつものように慎重だった。

「いつもと違う行動とか」

「そういえば本のことが」

「本だって？」

「夏のあいだずっと夢中になって読んでいた本です。競売で手に入れたってことでした」

「どういう本なんだ？」

「医学書でした」

「医学書ねえ」医師は砂利道の小石を靴でゆっくりと動かしながら繰り返した。「そんなことだろうと思ったよ。必要なら専門家に診てもらったって構わないさ」そして医師は、警察病院にベッドの空きがある、と晩に電話してきた。巡査部長は翌日の電車で行くことになった。エィミアンズ・ストリート駅までは警察の車か救急車が送ってくれることになった。


バノンがその知らせを携えて階段を上がっていくと、巡査部長はすぐに起き上がり着がえ始めた。

「あの医者のやつ、俺の言ってることを理解するのにずいぶん時間がかかったもんだ」

「そんなに長い入院にならないといいですね」バノンは気を遣って答えた。「棚から新しい制服を持ってくるように娘たちに言ってくれ」彼はバノンに頼んだ。「鞄につめるシャツと下着とパジャマもな」

下に降りてくると、夜は家に戻ってよいとバノンに言い渡した。

「しばらくのあいだはこの場所をお前一人に見てもらうんだからな。今夜の電話番は俺がしよう」いつになく寛大な調子で言った。

父はたいそう元気に荷造りの指図をしていたが、しばらくして自分が病気だということを思いだすと動きがゆっくりと慎重になり、しまいには鳴りもしない電話と一緒に執務室に閉じこもってしまった。その前に、皆が寝た後に僕と話がしたいと言った。

ノックをすると、低い声で「入れ」と返事があった。

父は暖炉のレンガの上に足を乗せていた。燃えかすとなった灰はほのかな熱を発していた。隣にある黄色い椅子の上には、迷彩柄の爆弾の箱があった。ブリキ製の石油ランプは、架台式のテーブル、黒と赤のインクしみ、インク壺受けに入っている木製のペン、ぶ厚い台帳、巡回日誌、さやに収められている警棒を弱い光で照らしていた。僕が開けっぱなしにしていたドアからは、二階で寝ている子供たちの寝言が聞こえてきた。「閉めておけ。畑にいるんじゃないんだから」父は言った。

「夏の初めに俺なしでやっていくってことについて話し合ったたな。お前は畑仕事も薪運びもよくやってくれた。どうやら準備が早すぎたってことはなさそうだ」

「どういうこと?」

「お前たちの着るものや食べものがどこから来るかはわかってるな——俺の給料だ。この建物も警察のものだ。俺が死んだら全部なくなる。お前の親戚がどれぐらい当てになるかなんて、たかが知れてる——せいぜいここからそこのドアまで、そのぐらいわずかだ」

父は制服の上に厚手のコートを着ていた。襟を立てていたがボタンはかかっていなかった。急に動いたりすると生命の残り火が消えてしまうかもしれないとばかりに、相当の注意を払って両肩を丸めていた。

「幸いなことに、その日のための備えはしてある」椅子の上に置かれた爆弾の箱のほうをふり返りながら言うと、同じようにゆっくり注意深く鍵をあけた。迷彩色に塗られた鉄製の箱は見かけに反して、中には輪ゴムでたばねられた緑の札束、茶封筒二つと大きな包みが一つ入っていた。

「いいか。ここに百ポンドある。俺の遺体を家に運ぶ段になって、急に金がかかったりするからな。俺の身体は橋を渡すんじゃないぞ。オーグー墓地に運んで、母さんの隣に埋めてもらうんだ。親戚どもが何と言おうともな」

「それからこの封筒をあけろ。お前の名前が書いてある」父は薄い茶封筒を取り出した。

「突然死んだときどうすればいいのか、一つ一つ書いておいたからな」

「こっちの封筒は遺言と証書だ」父は続けた。「ボイルにいる弁護士のリンチが写しを持ってる。葬式の次の日、これをやつのところに持っていくんだ」

「リンチとはよく話し合ってある。お前が小さな農場を買えるよう手を貸してくれることにもなってる。全員孤児院送りなんて目にあいたくなかったら、俺が死んだ後この建物を出ろ。ぐずぐずしてると、この金だってあっという間になくなるぞ。パディ・マレイニーが農場を売りたがっている。リンチも俺も相場通りの値段ならいい話だと思ってる。農場の次は牛を手に入れろ。みんなを養うからには朝から晩まで働くことになるだろう。でもそれだけ価値のあることだし、それにお前なら大丈夫だ」父は威厳たっぷりに語った。

父は箱に鍵をかけ、鍵の一つを僕に手渡した。

「お前が一つ、俺が一つ鍵を持つ。知らせが届いたらまず最初にこの鍵で箱を開けろ。いいな」命令口調で言った。

聞いているうちにこれから起こることがはっきりしてきた。僕は汗ばんだ手のひらの上の金属の輝きを見据えた。

「大きい方の包みには当分用もないだろう。お前がもっと大きくなってからのものだ。古い時計や、母さんの指輪と写真、遺髪、メダル、アルバムに証書だ。お前たちみんなが大きくなったときのためのものだ」それから父は自分が病気だということを思いだし、すぐに濃紺のコートに身体を沈めた。

父は自分がもうすぐ死ぬと言おうとしていた。棺《ひつぎ》に入れられてしまうのだ。棺は地中に入れられて土で覆われるだろう。そしてどんなに呼んでも返事はかえってこないのだ。

僕たちが住むことになるというマレイニーの農場にはスレートぶきの小さな牛舎があって畑は土手の方に向かって上り坂のようになっていた。土手のまわりの湿地では、野ウサギを驚かせて、茶色のイグサのしげみにある巣穴から追い立てたことがあった。ウサギは逃げる途中に立ち止まりじっと耳をすましていたが、銃が発砲されるとその体はぐんにゃりしたむくろとなっていた。

牧草地を囲む石垣。食いぶちを稼ぎ家を維持するために、朝から晩まで働きづめの生活。毛もはえていない醜いムクドリたち。巣の縁の食欲旺盛なくちばし。運ぶ餌の量が増えていく日々。

「でも、父さんは死んだりしないよね?」

「どの症状も行き着くところはそこなんだ」

「でも診断が間違っているのかも」

「いや。間違いない」

「そんな、いやだよ……」

「なあ、俺のこと愛してるか」

「うん」

「俺のことを愛してるんなら、他の連中のためにも一生懸命やってくれ。寿命は変えられない。これは神の思し召しなんだ。神のご慈悲を信じるしかない」

「僕には誰もいなくなるんだ」

「鍵があるじゃないか。知らせが来たらその鍵で箱を開けるんじゃないのか。さあ、もう寝ないと。遅くまで起きていたってしょうがない」父は取っ手をつかんで箱を持ち上げると階段の方に運んだ。箱の重さで右肩が下がっていた。

「ランプの火を消してくれ。待ってるから」

ゆっくり階段を上がっていくのも辛かった。父は呼吸するのもやっとという様子だった。手すりの横木によりかかり、三度立ち止まった。父にあわせて僕も後ろからゆっくりと上がっていった。鍵は手のなかにあった。階段のてっぺんにある窓からさしこむ弱い月の光が、階段の板の中央のへこみや深紅に塗られた両壁を照らしていた。

「知らせが来たらどこを探せばいいのか教えるから、部屋に来るんだ」

父は自分の部屋のドアをあけた。空気がこもっていたし、センナの葉と汗とで嫌な匂いがした。川に面した窓から入ってくる月明かりで十分に明るかったが、ガラス製のランプに火をつけるようマッチをよこし、僕が火をつけ損なうといらいらした。

「洋服ダンスの下だからな」ベニヤ板でできたタンスの脚のあいだに箱を押しこみながら父は言った。タンスの真鍮《しんちゅう》の取っ手が光っていた。上には警官帽につける銀のメダルがあった。

「知らせが来たらタンスの下から引っぱり出すんだ。鍵はあるな？」

「だけど僕、父さんに死んでほしくなんかないよ」

「いいか」父は僕の頭に片手を置いた。「俺もお前のことを愛してる。でも寿命は変えられない。せいぜい祈るぐらいしかできないんだ。鍵はあるな？」

鍵は僕の手のなかで汗まみれになっていた。

「知らせが来たら鍵で箱を開けるんだぞ」

翌日、父は電車で病院に向かった。そしてその週のうちに家に戻ってきた。部屋の用意はできているかと真っ先にたずねると、そのまま部屋に直行した。何も食べたくない、明日の朝も起こすな、と申し渡した。バノンが階段を上がっていくまで、ドアに近づこうとする者は誰もいなかった。おそるおそるノックを繰り返したが返事がなかったので、バノンはドアを細くあけた。

「おかえりなさい、巡査部長。おかげんはいかがですか？」

巡査部長は眼鏡をかけベッドの上で起き上がっていた。例の医学辞典を読んでいた。上目づかいにバノンを見たが何も答えなかった。

「何かお役に立てることがないかと思って来てみたんですが。ニアリーを呼びましょうか。それとも他に何か？」

「いや、何もしてくれなくて結構だ。とっとと執務室に戻れ。俺の邪魔をするな」大きなどなり声だった。

バノンは恐くなり困惑してドアを閉め、階段を降りてきた。それから数時間、寝室からは何の音も聞こえてこなかった。そして突然、床板を強く打つ音がした。

「何かほしがってるんだよ」「お前行けよ」「やだよ、お前が行け」「やだね」一瞬にして恐慌状態がひろがった。

次の音には怒りがこもっていた。命令だった。

「この家じゃどうせ誰も何もしないんだ」部屋に向かう僕は、父のような口調になっていた。

帰宅した姿を見てほっとしたし、これでいろいろなことから解放されるんだ、という喜びさえ感じた。でも父が二階の部屋に閉じこもっている理由は誰にもわからなかった。バノンには大声でどなっていた。僕はまだ鍵を持っていた。

「おそろしく時間がかかったな」

父はベッドに横になっていた。医学辞典はかけ布団のわきのほうに閉じたまま置かれていた。

「流し場にいたんだ」

「全員がそこにいたわけじゃあるまい」

「誰も来たがらなかったんだ」

「何か食べ物を持ってきてくれ」

「何が食べたいの？」

「何でもいい。家にあるもので」

「ベーコンエッグかミルクプディングなら」

「ベーコンエッグをたのむ」

僕は手に鍵を持っていた。鍵をどうしたらいいのか、返してほしいのかどうかを聞きたかった。僕の視線は、爆弾の箱が置かれているはずのベニヤの洋服ダンスの下をずっとうろうろしていた。だがベッドのなかの父の表情は、どんな質問も受けつけない、と告げていた。

その日とその次の日、父は部屋にいた。そして三日目の朝五時、がたがたと音をたてて階段を降り、さらに大きな音をたてて戸棚や食器棚の扉を開けたり閉めたりして、家じゅうの人間を起こした。しかも、そのあいだずっと何かぶつぶつ言っていた。僕たちが降りていくと、もう畑に出ていた。ジャガイモやカブ、冬キャベツの様子を調べていた。

朝食後、父は古い鏡に向かって髭そりをし、はえぎわの後退している髪をはげた部分に注意深くなでつけ、ブーツを磨き、上着の銀ボタンとメダルを真鍮の棒にかけて、シルヴュー〔研磨剤〕で磨いた。

九時きっかりに、下の執務室に降りていった。ものの数分としないうちにどなり声が聞こえてきた。「何にもできてないじゃないか。こういう記録は遅らすなと口をすっぱくして言ってきただろう」不運なバノンが小声で弁解していた。

それから数週間ものあいだ、僕のポケットには例の鍵が入っていた。どうすればいいのか、返してほしいのかどうか何度もたずねようとしたができなかった。ついに、ある暖かな日の夕方、気がとがめつつも川に向かって思いきり遠くに鍵を放り投げた。二本のトネリコの木のあいだに曲線が描かれた。僕は、その曲線が流れから数フィート離れたところにはえているカヤツリグサと野性のイラクサのなかに消えていくのをじっと見守った。

（山邉美登子訳）

「その時処刑も見たんでしょう？」僕は父に尋ねた。父はボートを漕ぎながら話し始めた。一九一九年の終わり頃、父は待ち伏せされて捕まった。当時は報復としてマウントジョイ監獄で射殺されることになっていた。数日後、監獄の中庭に隣接する独房に移動させられたので、次に殺《や》られるのは自分だと思った。鉄格子を通して外が見えた。その夜、処刑の前触れとなるノックの音はやって来なかった。夜明けに見たのは処刑されることが決まった二人の囚人が歩いて出てくるところだった。三十代前半の男と、まだあどけなさの残る十六、七の少年で、少年の方は泣いていた。少年は目隠しをされたが、男は目隠しを拒んだ。将校が大声をあげると、少年は気をつけをしたが、男はゆっくりと噛み煙草を噛みながらそのままの姿勢でいた。手はポケットに入れたままだった。

「ポケットから手を出せ」と将校はもう一度叫んだ。声は苛立っていた。

男はゆっくりと首を横に振った。

「そんなことをするにはちいとばかり遅すぎるんでね」と男は言った。

将校は撃つように命じた。銃声が鳴り響き、少年は、うつ伏せに倒れる前に、弾丸をほじくり出そうとするかのように軍服の胸の上を掻きむしった。軍服のボタンが空中に舞った。

続いてもう一人の男が静かに仰向けに倒れた。ポケットに手を入れていたからに違いない。

うつ伏せに倒れた少年に向かって、将校はとどめの一発を撃った。男に対しては気をつけをしなかったことに報復するかのように、五発の弾丸を連続で浴びせた。

「それから何年も経って、新婚旅行に出かけた時、五月だったな、俺たち夫婦はサットン・クロスからホウスの丘までトラム〔路面電車。当時ダブリンのトラムはヨーロッパ随一の効率の良さを誇っていた〕に乗っていたんだ」と父はオールを休めて言った。「丘の上で、周りに手すりがあったので、小さな船みたいに見える戸外の木のベンチに座っていた。眼下には海が見え、あたり一面潮とハリエニシダの匂いが漂っていた。ふと見下ろすと、ハリエニシダの鞘《さや》が弾けるのが見えた。その鞘があらゆる方向に弾ける様がまるであの若い奴が軍服を掻きむしって、ボタンが飛んだ時のように見えてぎょっとしてな。一日中そのことが頭から離れなかったよ。その日は台無しになってしまった」

「どうして二人の手は縛られなかったの？」と僕は父に尋ねた。父はオークポートの河口で黒と赤の航行標識の間を漕いでいるところだった。

「二人が軍人だと思われていたからだろう」

「若い方が気をつけをしたのは、言うことを聞けば処刑を免れるかもしれないと思ったからかな？」

「ちょっと生意気すぎる言い方だな。学校に長く通い過ぎたせいだぞ」

父が激しい口調で言ったので僕は黙った。とにかく父が自分の人生を語るのは初めてのことだった。以前は戦争のことを尋ねると、蜘蛛の巣を払うように目の前で手を振ってみせたものだ。しかし、その夏は父と川へ釣りに行く最後の夏だった。父はその夏が終わるまでに自分のことを語っておきたいと思っているようだった。

魚が掛かってぷるぷる震えている釣り糸をたぐり寄せた。道糸の長さは二マイルもあり、三ヤードごとに枝針がついていた。漁業許可証には釣り針は千本までとあったが、僕たちはそれ以上使っていた。生活のためにこの川で釣りをしているのは僕たちが最後だったからだ。

掛かったウナギをボートの横から引き上げると、僕はナイフでハリスを切り離して針金製の魚籠《びく》に入れた。その中でウナギは口に針をつけたまま、ぬるぬると身をくねらせていた。針のついたパーチを飲み込もうとして釣り上げられたカワカマス、ブリームやローチといった他の魚を、僕はボートの床板の上を舳先《へさき》の方へ滑らせた。釣った魚は村で売ったり、ただであげたりした。僕は魚の掛からなかった針の汚れを落とし、木箱の周りに刺して並べた。道糸は箱の真ん中にまとめた。一マイルほど釣り上がると船尾にいた僕が父と交代して、オールを漕ぐことになった。人々はまだ目を覚ましておらず、川面には早朝の冷たい霧がたちこめていた。オールがゆっくりと漣《さざなみ》をたてる音と釣られた魚が水を滴《したた》らせてばたばたする音の他は、川は静まりかえっていた。時々川岸の牛がモーと鳴いた。

「この夏が終わったら何をするか考えたのか」と父が尋ねた。

「いや、これからどうなるか待ってみるつもりだよ」と僕は答えた。

「『どうなるか』ってどういうことだ」

「試験の結果がどうでるかということだよ。結果がよければいろいろと道が広がるし、よくなければ選択の余地がないってことだよ。できることをするしかないんだ」

「試験のできはどうなんだ」

「大丈夫だと思うよ。でも取らぬタヌキのなんとかと言うからさ」

「そうだな」と父は言ったが、その顔にはどこか計算しているようなところがあった。だから道糸の最後の一区切りを漕いでいる間、父を注意して見ていた。朝が来て、僕たちが針金製の大きな魚籠を葦《あし》の茂みの中から持ち上げ、この朝獲れたウナギをボートに空けてもう一度沈める頃までには、遠くから農場で仕事をする音や川面に最初に現れる蠅の音が聞こえていた。

「明日の分はもう十分だな」父が言った。

毎週獲れたウナギをロンドンのビリングズゲイトに送っていた。

「だがな、例えば、例えばの話だがな。結果がよかったとしても、この国を放り出してアメリカへ行くってなことは考えないのか?」と父は言った。父の言葉はぎこちなく探りを入れているようだった。僕はウナギの魚籠を沈めた後、オールをつっかえ棒にして葦の茂みからボートを押し出した。葦の茎の間から泥が湧きあがり、水が黄色く濁った。

「どうしてアメリカなの?」

「そりゃ、チャンスの国だからじゃないか、どんどんでっかくなる国だからじゃないか。こんなちっぽけな国じゃ大志を抱ける場所なんかありゃしない。せいぜい黒ビールをしこたま飲むくらいさ」

大袈裟な言葉には注意が必要だ。父の言葉らしくなかった。

「お金はどうするのさ?」

「なんとかするさ、なんとかかき集めてやる」

「この国で仕事があるのなら、どうしてアメリカに行くお金をかき集める必要があるの」

「おれがものにできなかったチャンスをお前にやりたいからだよ。おれはこの国のために戦った。ところが今じゃ漁業許可証まで取り上げられようとしてる。とにかく考えてみろよ」

「わかった」僕は答えた。

昼間、父はじゃがいも畑で畝《うね》の上の部分の手入れをし、僕は枝針を付け替えたり、餌のミミズを掘ったりした。仕事もこれが最後かと思うと胸が痛んだし、その一方で、もうすぐそんなことはしなくてよくなる、もうすぐやめられると思うと、退屈さを覚えた。この国を去ることに罪の意識を感じた。自分の人生を始めるために父の人生を捨てることになる。漁で生活を立てている人間は、だんだん減っていく利益を食いつぶすしかない。父に許可証の更新ができるかどうかもはっきりしないのだ。観光局はこの前の申請を拒否した。僕たちが観光客が楽しむ雑魚《ざこ》釣りを駄目にしているというのだ。毎年夏になるとリバプールやバーミンガムからやってくる観光客の数が増えていた。アルミのデッキチェアを川岸に置いて座り、投げ竿を使って釣りをする連中だ。漁ができなくなって、畑だけになったらぎりぎりの生活しかできないだろう。

僕が貯蔵場所にしている便所の暗がりの土の中にミミズを入れに行く時、父が塀越しに家畜業者のファレルと話しているのが見えた。ファレルは道端に止めた自転車のハンドルにもたれていた。二人は家畜の値段のことを話しているのだと思って、便所に入っていったのだが、ミミズを箱に空けた時、「モーラン」という言葉が聞こえて来たので、注意深く戸を開けて耳をすました。父の声だった。興奮していた。

「知ってる。正確な金額も聞いた。ルークが死んだ時一万ドル手に入れたんだろ。アメリカの兵隊は誰だって大枚一万ドルまで生命保険がかけられるんだ」

「マイケルとサムが兵隊に行っている時には、毎月一人に二百五十ドルもらってると聞いた」父は続けた。

「だからあそこのうちじゃ、あちこちで牛を買いまくっているんだ」というファレルの声が聞こえた。僕は戸を閉め、暗闇の中、糞や小便の匂いや狭い土の中を這い回るミミズの生臭さに耐えながら、じっと立っていた。

その時僕が経験したショックは後に人付き合いの中でへまをやってしまった時に感じたショックと同じものだった。自分の尊厳が木っ端《こっぱ》微塵になり、便所に駆け込んでよく考える必要があった。

ルーク・モーランの遺体は鉛の棺《ひつぎ》に入れられて朝鮮から帰って来た。星条旗に包まれた棺は、石の橋を渡り、大使館の大きな車を従えて、葬儀の鐘がゆったりと鳴り響く墓地まで運ばれた。棺が埋められる前に墓地の上空に弔砲《ちょうほう》が放たれた。軍の人間から勲章のついた写真が家族に贈られた。

父は渡航費用をかき集めるつもりだ。僕がアメリカで徴兵され、兵役に就いている間、父は何百ドルも受け取り、もし戦死すれば一万ドルを手に入れるのだ。

夜中にウナギの夜釣り用の仕掛けを投げ込みに行く前に、暗がりの中、ミミズの這い回る箱の間で、僕は自分の青春時代が終わったと感じた。

父が仕掛けを投入する間、僕が漕いだ。曲がった針に餌を付けていく父の指の動きはとても清らかで、ひとつながりの動作に見えた。暗闇がオークポートの裏からナットリーのボートハウスまで濃くなっていった。頭の上でコウモリがぎこちなく飛び回っていた。カモが湾の方へ並んで泳いでいく時、水面に襞《ひだ》ができた。

「アメリカ行きについて俺が言ったことを考えてみたか？」と父は針やミミズの箱から目を上げずに尋ねた。

「考えたよ」

オールが音も立てずに水の中に入ったとき穏やかな水面に穴ができ、渦を大きくしながら、船尾に座った父の横を過ぎていった。

「それでチャンスを摑む決心はついたのか」

「いや、僕はアメリカへは行かないよ」

「この馬鹿げた国で何もできなくても、俺がチャンスを与えなかったからだなんて言うんじゃないぞ。お前の責任だ」

「そうさ、僕の責任さ」僕は答えた。長い沈黙の後尋ねた。「歳をとると戦争のことや監獄に入ってたこととかをよく思い出すの？」

「そりゃ思い出すさ。でもそれは話したくないな。処刑のことを話すといつまでも気持ちが落ちつかなくなる。空中に飛び散ったいまいましいボタンや何かのことはな。一番考えるのはもし自分が自分のための戦いをやって、この馬鹿げた国のことなんか放っておいたら、今はもっといい暮らしをしているだろうということだ。だがそのことは話したくない」

僕が黙って漕いでいる間この沈黙は永遠に続くのではないかと感じられた。とうとう父が尋ねた。「今夜は大漁かな」

「穏やかすぎるね」僕は答えた。

「風が出ないとな」父が心配そうに言った。

「風が出ないとね」僕は繰り返して言った。

ボートが穏やかな水面を進み、父の指から道糸がボートの横へ滑り込んでいくのを見ながら、これまで感じたことがないほど父を身近に感じた。フットボールの決勝戦に向かって歓声が響く人波の上を肩車してもらった時にさえ感じなかったほどだ。まるで自分も人殺しの準備をしなければならないかのように、父の動き一つ一つを間近で見つめた。

（豊田淳訳）

オコジョ

The Stoat

二番アイアンで打ったボールはグリーンに惜しくも届かなかった。そのボールを追いかけていると、フェアウェイ向こうの小高いラフで甲高い鳴き声が聞こえた。その声がする方へと僕はラフを上った。担《かつ》いだクラブの音がガタガタ音を立てたというのに、鳴き声は止むどころか、高くなった。ラフを上りきると、入江からの海の光がまぶしくて、すぐには目に入らなかったのだが、草の生えていない今にも崩れそうな砂地の所で、ウサギが身動き一つせずにじっとうずくまって鳴いていた。ウサギに近づいてみると、灰色の体をしたオコジョが蛇のようにするすると伸びた草の中に音もなく消えていった。

　ウサギは動かないままだったが、鳴き声は止んだ。目をやるとウサギの片方の耳の後ろに血糊《ちのり》がついていて、砂の上に血がどくどく流れ出ていた。僕が腰をかがめても、ウサギは少しも動かなかった。恐怖そのものと言えるような、恐怖におののき硬直している体が、自分の手中に委《ゆだ》ねられるなどということを経験したのは初めてだった。僕はクラブを一振りしてそいつを楽にしてやった。ゴルフバッグとウサギを持ってその場所から下り、グリーンの端に置いたままにして、僕はそのホールでのプレーを終えた。次のティー・グラウンドに向かう時、オコジョがまだ後を追ってフェアウェイを横切るのが見えた。簡単なショットを二度もラフに入れてしまうと、僕はその日のラウンドをやめた。毎年八月に父は別荘を借りていたが、その別荘に戻る間、二度、そのオコジョを目撃した。ウサギはもう死んでいるのに、オコジョはまだつけてきていたのだ。

一晩中、このウサギは、オコジョに追われて必死に穴から穴へ逃げ回っていたに違いない。もっと太ったウサギが目の前を横切ったとしても、オコジョは見向きもしないのだ。この一羽のウサギだけを殺そうと目をつけていたのだ。ウサギがどんなにすばやく逃げても、オコジョは執拗に目を離さなかった。ついにウサギは恐怖で動けなくなり、観念して、音もなくするりと近づいてきたオコジョに、耳の裏の静脈を嚙み切られることになる。僕が耳にしたあの声は、オコジョに血を吸われたウサギの末期《まつご》の叫びだったのだ。

別荘の芝生の庭で父は『インディペンデント』紙の最終ページの死亡記事欄を読んでいた。父はいつも最初にその欄を読み、そしてニュースに端から端まで目を通し、教員公募欄をじっくりと読んでから、再び丹念に死亡記事を読むのだった。

「ドラムコンドラ時代の同僚がまた亡くなったよ」父は顔を上げて言った。

「バーニーは名フルバックだったんだがなあ。哀れだな。惜しいやつを亡くしたもんだ」

僕は答える代わりにウサギを見せた。

「そんなものどこで拾ってきたんだ」

「ゴルフ場でオコジョにやられていたんだよ」

「よくやられるんだよ。どうして持って帰って来たんだ」

「別に意味はないよ。鳴き声が不気味だったから」

「夕食は何にするかね？ マッケイブさんが今夜来ることになっているだろ」

「とにかくこのウサギは出さないよ。ラム・チョップにチーズ、ワインもサラダもあるし」


僕はマッケイブさんに会うためにストランドヒルに来るよう父から頼まれていたのだ。二人は数ヶ月間付き合いを重ねてきて、八月をこの海辺で過ごすことにしていた。この休暇がうまく過ごせたら、九月の新学期が始まる前に婚約をしようという、何とも曖昧で臆病な了解に二人は達していたようだった。彼らの世代で、いや何歳であっても、これほど堅苦しい手順にこだわるのは妙だと思ったし、その上、付添い人が僕というのはさらに妙なことだった。

「どうして僕に来て欲しいの」僕は訊いた。

「その方がずっと礼儀にかなってちゃんとしているように見えるだろう。お前が来てくれるとありがたいんだ。来年になればお前も医師の資格を取って独り立ちするんだからな」

去年の夏、父がこのことを頼んだ時、僕はダブリンで外科医をしている叔父のところで臨床研修することに決めていた。僕はゴルフや勉強をし、父は『インディペンデント』紙を読んだり、マッケイブさんに会ったりするということだった。

その前年の夏、父は僕にこう尋ねたことがあった。

「私が再婚すると決めたら、お前は不愉快だろうね」

「まさか、そんなことはないよ。どうしてそんなこと訊くのさ」

「お前の大好きな母さんの代わりに別の女性が入り込むと考えただけでもお前は怒るんじゃないかと思ったんだよ」

「母さんは死んだんだ。自分が思うようにしたらいいじゃないか」

「じゃ、反対しないんだな?」

「全然」

「お前が少しでも反対なら、この話を進めるつもりはないんだよ」

「だったら安心していいよ。反対なんかまったくしてないよ。誰か意中の人でもいるの?」

「いや、いない」と、父は上《うわ》の空で答えた。

これはちょっとした気まぐれだろうと僕は片付けていたのだが、数週間後、父は僕に一枚の紙を差し出した。その紙には父のはっきりした丁寧な字でこう書かれていた。「教師、五十二歳。交際相手求む。結婚を前提」

「どう思う?」

「いいんじゃない」思わず吹き出しそうになったが、その衝動も吹き飛ぶほど気が動転していた。

「それじゃこのまま出してみよう」

一ヶ月ほど経って、父はその反響のほどを見せてくれた。父の机の上には封筒の山が積まれていた。僕は仰天した。世の中に満たされぬ願望がこれほどまでにさまよっているとは想像もつかなかった。返事は、看護婦、家政婦、秘書、子どものいない未亡人、幼子を抱えた未亡人、貸家所有者、自動車所有者、年金生活者、教師、公務員、警察官、ダゲナムにあるフォード社で働くために二十歳で町を離れたものの故郷に戻って来たいと思っている女性などからだった。郵便配達は、学校が助手の求人でもしているのか、と遠回しに尋ねるし、女性郵便局長は、家政婦を探しているなら見込みがあるのが身内に一人いるわよ、と遠くから声を掛けてきた。

「この手紙に蒸気が当たって封が開かなきゃいいんだが。この町の人間は好奇心で沸騰しているからな」と、父は言った。

その年の冬の間、僕は父とよく会った。父はダブリンにいる多くの女性と会わなければならなかった。もっともコークやリムリックやタラモアへも行かなければならなかったが。ホテルのロビーで父は『ロスコモン・ヘラルド』紙を広げて読みながら女性たちと待ち合わせをした。

「私がこの二ヶ月余りで会わなきゃならなかった口うるさい欠点だらけの女どもにお前は会ったことはあるまい」三月の終わりの冷える晩、オーモンド・ホテルでダゲナムから来た女性と会った後で父は言った。「政府から援助でもしてもらわなけりゃ、あの中から誰かを引き受けようなんて考える気にもならないね」

「外見のことを言ってるの？　それとも中身のこと？」

「あらゆる点でさ」父は絶望したように言った。「ちゃんとした感じの人が一人いるんだ。少なくともこれまで会った人たちと比べてね」父がマッケイブさんのことを話したのはそれが最初だった。

こうした面接があったおかげで、復活祭の休暇に帰省しなければと考えることもなく、僕はダブリンの叔父のところで一緒に過ごした。僕は叔父に言わずにはいられなかった。

「父は結婚するつもりなんです」

「冗談だろう？　あいつに退屈させられる哀れな女は一生に一人で十分だとわかりそうなもんじゃないか」

「父の相手の探し方は普通じゃないんです。新聞に広告を出したりして」

「広告だって！」突然叔父は笑い転げてしまい、ほとんど口を利くことができなかった。

「返事は……来たのか？」

「束になって。その女性たちと面接しているんです」

「束になってか……勘弁してくれよ。付き合いきれんな」

「どうも、ちょうどいい相手を見つけたようなんです。四十代の学校の先生です」

「その人に会ったことはあるのかい？」

「まだです。近いうちに会うことになっています」

「そりゃあいい、もう少し付き合ってやれば、全部見届けられるさ」

叔父は自分の長い白髪混じりの髪を指でとかした。叔父はなかなか立派な人物で、その自信と活力には威圧されるところがあった。「少なくともあいつが結婚すればもうお前も煩《わずら》わされずに済むだろう」

「父のことなら問題ありません」僕は身構えて答えた。「これまで父の扱いには十分慣れていますから」

僕はオーモンド・ホテルのロビーでマッケイブさんと会った。そのロビーは、父が『ロスコモン・ヘラルド』紙を読みながら待ち合わせた他の多くのロビーとたいして変わりはなかった。二人は、大人にほめてもらおうとする、おめかしをした、しつけの良い子供のように、いやに堅苦しく行儀よく僕の前に座っていた。マッケイブさんは小柄で華奢で神経質だった。その神経質ぶりは、この不自然な見合いからくる気まずさや居心地の悪さを考慮しても度を超していた。マッケイブさんには、どこか品のいい浮浪児といった、気をひかれると同時に厄介だなと思わせるようなところがあった。年は取っていたが、これまでこれぞと思う男性に決められぬまま、恋に恋している少女のようだった。そして、今になって振り返ってみると、妻に先立たれて新たに伴侶を探し求めている僕の父が目に入ったのである。

「で、お前の印象はどうだった?」二人きりになった時、父は僕に尋ねた。

「マッケイブさんは、ちゃんとした良い人だと思うよ」僕は落ち着かない表情で言った。

「じゃ、反対……しないんだな」

「全然」

僕らは一週間をここで過ごした。僕はマッケイブさんとは三、四回形式ばらずに会った。

彼女は目を輝かせ、幸せそうだった。彼女は海水浴場近くのシービュー・ホテルに泊まり、父と一緒に海岸に散歩に出かけ、昼食を取り、お茶を飲んだ。その夜マッケイブさんは初めて僕らの別荘に来ることになっていた。父はこれまでの長い人生で料理などろくにやった試しがないので、夕食は僕が仕切ることになった。

マッケイブさんは青いプリント柄の長いワンピースを着て、銀色の靴に、細長い洋梨の形をした銀のイアリングを着けていた。マッケイブさんは食事を褒めてくれたけれども、グラスからワインをほんの少し口にしただけで、ほとんど何も食べなかった。父は学校や教科のことだとか、また、毎年八月には海辺に来て、新学期が始まる前に自分についたさびを落とすのがどれほど大切であるかということなどを話した。マッケイブさんは退屈な言葉を一つ一つ追いながら目を輝かせた。

「仰るとおりですわ。海はいつでも素敵ですもの」

これを聞いて父は不快になったようだった。マッケイブさんの言ったことは、父がいてうれしいというよりも、まるで海や空のことを褒めているようだったからだ。

「どう思う?」シービュー・ホテルに彼女を送って戻って来ると、案の定父は尋ねた。

「とても優しい人だと思うよ」

「しっかり者だと思うかい」

「あの人に出会えて父さんはとても幸運だと思う」と、僕は言った。父が僕を見つめる様子は、自分が幸運だとはとうてい思えないと言いたそうだった。

翌朝、マッケイブさんが昨夜軽い発作を起こしたとシービュー・ホテルの女性が知らせに来た時、父はさらに不快な表情を浮かべて僕を見た。既に医者が診察を終えて、マッケイブさんは快方に向かい、ホテルで休んでいるが、父に会いたがっているとのことだった。父の顔を見れば、もうマッケイブさんが父好みのしっかり者じゃないのは疑いなかった。

「一緒に来るかい?」

「あの人が会いたがっているのはお父さんなんだから」

ホテルから戻って来た父は動揺していた。「彼女は心配ない」父は言った。「軽い心臓発作だったんだ。あの人はまだ月の終わりに婚約するつもりだ」

「そのはずだったんじゃないの?」

「そうだったさ。すべてうまく運んでいればね」父は強調して言った。

「あの人と話し合った?」

「やってみたよ。駄目だった。彼女が考えているのは二人の将来の事だけで、頭の中は色々な計画で一杯なのさ」

「どうするつもりなの?」

「なかったことにする。それしかないだろ」

アイアンで打たれた無数のゴルフボールがいきなりグリーンの中心目がけて四方八方から飛んできて驚いたかのように、父が逃げ始めたのがわかった。その姿はあの哀れなウサギのようだった。父が結婚というものについて理解を深めようと努めていたら、たとえ楽ではなかったにせよ、もう少しうまくやっていただろう。マッケイブさんのような境遇の人は他にもいたのだから。

「どこに行くの？」僕は尋ねた。

「もちろん家に帰るんだよ。お前はこれからどうするんだ」

「もうちょっとここにいる。ひょっとすると二、三日したらダブリンに行くかもしれない」

「彼女にばったり会って私の事を聞かれたらどうするんだ？」

「家の用事ができたと伝えるよ。いつ発《た》つの？」

「車のトランクに持ち物を詰め込んだらすぐにだ」

私は父を情けなく思いながら、荷物を残らず車に運んだ。

「悪かったな」車で走り去ろうとする時に父は言った。

「いや。何とも思ってないよ」

車が丘を上るのを僕は見ていた。車が見えなくなった時、僕は再びはっきりとした幻影を見た。アイアンで上手く打たれた無数のゴルフボールが、あらゆる方向からちょうどグリーンの中心に向かって飛んで来るという幻影を。

一晩中、このウサギは、オコジョに追われて必死に穴から穴へ逃げ回っていたに違いない。もっと太ったウサギが目の前を横切ったとしても、オコジョは見向きもしないのだ。この一羽のウサギだけを殺そうと目をつけていたのだ。ウサギがどんなにすばやく逃げても、オコジョは執拗に目を離さなかった。ついにウサギは恐怖で動けなくなり、観念して、音もなくするりと近づいてきたオコジョに、耳の裏の静脈を嚙み切られることになる。僕が耳にしたあの声は、オコジョに血を吸われたウサギの末期の叫びだったのだ。

（吉田宏予訳）

ストランドヒル、海岸通り

Strandhill, the Sea

パークス・ゲストハウスの前の通り——通りからの砂粒がテニスボールの灰色の毛の上にくっつく。僕の手の下で無為なバウンドをするボールの動きは、花壇の前にある緑色のベンチから聞こえてくる会話に似ている。花壇にはフクシアの赤い鐘状の花が鮮やかに輝き、バラや、ナデシコも見え、根元の地面には貝殻がちらばっている。頭の上にはゲストハウスの壁の雨に晒《さら》された漆喰《しっくい》がある。

雲が空をおおってきた。雨になりそうだ。かすんだ窓に面した壁は生き生きとした夕方の集まりを取り囲んでいるので、さまざまな声から逃れることはできない。

「むかしのベビーフォードやオースティンは最高でしたな。それらとくらべると、最近走っている車はただのブリキです」マクビティ氏は言った。茶色のスーツのチョッキには時計の重々しい金鎖がかかり、銀髪は真ん中で分けられ、握りのついたステッキを手にしている。彼は、黄色く変色した結婚式の写真から出てきたような格好だ。

「今の車のようなスピードではなかったですがね」オコーナー氏は付け加えて言った。オコーナー氏は、夜中に家路につく人の踵《きびす》にくっついていく野良犬のように、丸一週間ずっとマクビティ氏にくっついていた。

「戦争の前、結婚する前のことでしたが、旧型のシトロエンを一台持っていましたよ。燃費に難があったけれど、死ぬまで乗り続けられるようないい車でした」通りでバウンドするテニスボールの上下の動きを見るともなく見ていたライアン氏は言った。

会話はいつも同じだった。エンフィールド銃の優れていること、夏のロングドレスの流行、一ガロンあたりの燃費。ベンチに腰掛けて朝から晩まで、最後の一服に火をつけるまで、常に情報、あらゆるものに関する情報だった。彼らは暗闇から出てきて、自分たちのまわりのあらゆる情報に目をぱちくりさせるが、やがて間もなくここからいなくなっていく。

雲はスライゴー湾をおおい、暗い影がゴルフ場と教会の上を横切っている。パークス・ゲストハウスとノックナリーの間に一切れの青空があるが、それも雲におおわれてしまうと、雨が降り出し、窓は蒸気で曇る。そしてまた情報の山が続き、ついに一日は闇におおわれていく。

朝から雲行きが怪しかったので、彼らは楽しみにやってきていたにもかかわらず、一マイル丘を下ったところにある海岸には行かずに、このベンチにずっと座っていた。ゴルフ場、キンコーラからセントラルと雨の中を長く歩くことを恐れたのだ。しかし、ここでもまだ潮の香りが感じられるので、いくらかの慰めとなっていた。天気のいい時には一マイルの坂を下り、また一マイル上り坂を帰らなければならないことなどは考えずに岸辺に行く。何マイルにもわたる長く平坦なストランドヒルの岸辺にたどり着くのだ。海岸には錆《さび》付いた頭文字のついた大砲がある。二軒のアイスクリーム屋の向こうにあるので、大砲は大西洋を指して、まるでこの店を警備しているように見える。波打ち際にいる女性達は片手に子供を連れ、もう片方の手で太ももの間に挟んだスカートをしっかりと押さえている。足元へ波が急に押し寄せてくるたびに声を上げるが、波は引き波となって、かかとのまわりで渦を巻いて引いていく。このようなときには、すばらしい滞在をたのしいものにするはずのバケツやビーチボールが打ち捨てられてさびしそうにしている。

車は一ガロンあたり何マイル走ったか。ベンチの上では、まだその会話が続いている。二十五マイルか、三十二マイル。タイミングに注意して運転し、ブレーキよりもクラッチを多く使えば三十九マイル。もうひとりの宿泊客のヘイドン氏は同じベンチの端で新聞の競馬欄に印をつけていた。紫色の糸で編んだヘアネットを着けている。外交員だ。「一度も成功しませんでしたよ」マクビティ氏は言った。「でもすぐに飛躍の時が来ることでしょう」隣のベンチでは、オコーナー夫人とライアン夫人との間に、フェア島製セーターの型紙が広げられ、二人の周りには子供達が様々な姿勢で寄り添っている。退職をしたが、英語教師であったインゴルスビイは一人で座っていた。その間、テニスボールのバウンドは時々止まった。

「ラゴスはどの国にありましたっけ」みんなはクラッチの減り具合について話していたのだが、ヘイドンは新聞から顔を上げて、話を遮った。「ライアンさん、あんたなら知ってますよねぇ。教師なんだから」

「アフリカだったと思いますよ」自信のない答えが返って来た。ライアンが急に顔をあからめ、そして青くなったのを見て、インゴルスビイが会話へ加わってきた。

「たまたま教師であったからといって、ラゴスはどこにあるかなんて知っていなければいけないということはないと思いますよ」

「教師がそういうことを知らなければ、だれが知っているというんですか？」ヘイドンは腹を立てて言った。「そういうことを子供に教えるのが仕事じゃないか？」

「教師が地理の授業をしなければならない時には、前もって教科書で調べておけばいいでしょう。医者だって、すべての患者の症状を頭に入れているわけではありません。カルテというものがあるんですから」インゴルスビイはすっかり悦に入って説明した。

「そりゃそうだけど、ラゴスはいったいどこにあるのかという質問はどこにいっちまったんですかね？」

「ナイジェリアですよ」インゴルスビイは言った。

「アフリカのナイジェリアです」ライアンは、反目をなだめようとして言った。

「そいつが知りたかったんだ。どうも、どうも、ありがとさんでした。ライアンさん」へイドンは、あてつけがましく言うと、再び新聞に顔をうずめた。

「考えてみると、この世界には驚くほどたくさんの地名があるものですね」オコーナーは付け加えて言った。

「地名を覚えるのに一生涯を費やしたとしても、砂浜の砂粒の数ほど知らない地名がたくさんあるんじゃないですかね」マクビティは言った。

テニスボールは、僕の手の中で動きを止めていた。潮は満ち、石炭を載せた船は、水路を通ってスライゴーを出発しようとしている。ノックナリーの上空の青空は消えていた。

パークス・ゲストハウスと大砲との間を一マイル下って一マイル上る。貧しい人たちの年に一度のささやかなカルヴァリ巡りである。ロブスターの池を通って、バリソデールへとつながる入江であるカームシーへ近づくと、妬《ねた》ましいものはなにもない。潮位が下がったとき、旗を振りレースを開催する日を除いて、人の気配はない。今でもなお静寂の中から悲嘆の声がゴルフ場を通って聞こえてくる。ジェーン・シンプスンもその仲間に加わっていた。

最初の雨粒が、ヘイドンの新聞の上へ落ち、大きな音を立てた。みんなは一斉に立ち上がり、静かでまばらに降ってくる雨粒の中を、ぞろぞろと建物の中へ入っていった。

「この花の名前を知っていますか？」花壇のそばを通っていた時、インゴルスビイは立ち止まり、ライアンに暗赤色をしたバラを差し出した。

「花には詳しくないんです」ライアンは詫びた。

「『クライミング・ミセス・サム・マクグレディ』、『クライミング・ミセス・サム・マクグレディ』ですよ」インゴルスビイは、はっきりと発音した。

「名前とはおかしなものですよね」ライアンは考えもなしに口走った。

「おっしゃる通り。名前とはおかしなものです」インゴルスビイは皮肉をこめて繰り返した。「『ピース・オア・エナ・ハークネス』とか『ムーラン・ルージュ』という名前まであります。でも、いくらなんでも『クライミング・ミセス・サム・マクグレディ』とはね。原子爆弾みたいに、びっくりですよ」そして声をひそめた。「たまたま教える職業についたからといって、何でも知ってなきゃなんて、思わないほうがいいですよ。教師はどうあるべきだと勝手に決め付けられて、とやかく言われる筋合いはないんですから。知らない、もし興味があるのならば、本に書いてあると言ってしまえばいいんです。知ったかぶりをしているから、やっかいなことになるのです」

その助言を聞いて、ライアンの目にはやり場のない憎悪の情がみなぎった。二人は、ドアまでの最後の階段を上っていた。

ミス・エヴァンスという女性が昼食の間、仲間に加わっていた。そして、テーブルクロスとして使われていたシートと一緒に、ゴミが片付けられ、テーブルの真ん中にバラの入った鉢が再び置かれた。大きな楕円形のテーブルの古くなったワニスが、鉢のまわりで鈍く光っていた。宿のパークス夫人は、雨が降ったために暗くなったことのおわびとして、暖炉を燃やそうと、炭火を少し用意した。夕方閉めるはずであったかんぬきが、すべてはめられた。「雨はどこでもいいものではないが、海で、海で降られたんではもうおしまいです」会話の中で、絶えずそんなため息が漏れた。どこか別の世界へ逃げ出したいという気持ちがむらむらと起こった。でも、金がなかった。

「盗め、盗め、盗め」それが、ひとつの解決法だった。

レインコートと暴風雨帽を着ける。外へ。誰にも気付かれない。もやの中ノックナリーの坂を半分下ると、雨ともやにつつまれて海がかすんで見える。ハガードを過ぎ、スワン・ホテルの看板の中で泳いでいる塗料のはがれた白鳥の絵の前を通り過ぎる。軒《のき》からしずくがたれる音が、遠くの海の音やカモメの鳴き声より大きく響き、もやの向こうで、文房具と菓子を売っているピーブルの店の窓に電灯が灯っているのが見えた。ドアを開けると、鐘の音が鳴り、びっくりする。

カウンターの後ろには、青いオーバーオールを着た店の女の子がいる。男性客が絵ハガキを選ぶのを手伝いながら、ふたりで笑っている。

「いらっしゃいませ。何をお求めですか」

「ちょっと見たいんだけど」僕には見ることしかできなかったし、女の子が男性客の相手で手がふさがっていることも幸運だった。

コミックは、カウンターに並べてあった。パークス・ゲストハウスでの生活に無関心でいられる時間をつくってくれるものだ。『ウィザード』『ホットスパー』『ローバー』『チャンピオン』、全世界が広がっている。

『ウィザード』の上に『ホットスパー』を重ね、それらを『ローバー』の積んである上に重ねる。息を呑みこむ。男はハガキの代金を払っている。気づかれることなく三冊を持ち上げ、前を開けていたレインコートの中へ突っ込む。固く脇を締め、三冊を挟む。歩け。

「今晩シルバー・スリッパーで偶然会ったりしないかな？」男が尋ねた。

「あら、世の中には不思議な偶然があるのね」女の子は答えた。二人はまた笑った。

ドアまでゆったりと普通に歩くことはできなかった。歩くことを意識し、絶えず後ろからの一撃を待ちながら一歩また一歩と進んだ。「ちょっとお客さん」たぶんこういうふうに始まって、あとはみっともなく警察に連れて行かれる。捕まえることは、盗みをしないようにするため。あの世では、ほんの些細な罪。煉獄へ行く。聖人たちだけが天国へ直行できるのだ。


一歩、また一歩、ぎこちない歩み。一撃はない。レジの音がする。ドアの鐘が鳴る。雨の降る店の外に出る。海がゴルフ場越しにかすんで見えると、ほっとひと息ついた。雨はさっきと同じように降っていた。ハガードを過ぎ、通りの、びちゃびちゃになった砂の上を越えた。壁沿いに咲くバラの花の赤いひだの中では、雨粒が輝いていた。

「そんなもの買うお金がどこにあったの?」いったん室内に戻ると、声が飛んできた。

「きのうフロントで六ペンス見つけたんだ」

「あんたはなぜそんなものにいつも夢中になっているの?　将来役に立つシェイクスピアみたいなものを読まないのよ?」

使い古された言い回し。将来役に立つ。

「コミックがそんなに害のあるものだとは思わないけど。でも良識は、一日で培《つちか》われるものではないね。踏み石をひとつずつ上り、優れたものへ向かっていくものですよ」インゴルスビイが口を挟んだ。

「コミックはいくらか気晴らしになるとは思うのですが」インゴルスビイのもったいぶった発言の内容に敵意を感じ、ライアンはそれから逃れたいと思った。インゴルスビイの言い方に中傷や非難が感じられたのだ。今度はそこから逃れるのは簡単ではないだろう。この雨が降る夕方、インゴルスビイも自分の主張を押し通さねばならない。

「現代社会におけるシェイクスピアの有用性について、どうお考えですか」

「簡単にお話することはできませんが」再び時間かせぎをし、不安げに部屋を見回した。妻はオコーナー夫人とソファーにいて、娘にセーターのそでの寸法を測ってやっていた。妻は何が起きようが毎晩変わることなく静かにじっと編物をしていることだろう。一方、マクビティはオコーナーに言った。「田舎の店は移民でみんな出て行って、ひどい打撃を受けましてね。でもなんとか生き残りました。新たな商売に手を出したんです。例えばエッソと組んで、給油ポンプを設置しました。我々は時代とともに変わってきたんです」

「時代とともに変わり、頭をひねって生き残る方法を見つけていく。というのが、根本的な鉄則ですよ」オコーナーは共感した。

部屋の中の人々は、それぞれのグループに分かれていた。ミス・エヴァンスがあくびをしながら腕を伸ばしたとき、ヘイドンは椅子から身を乗り出して言った。「昨日の夜は、とびきり男前なのがいたんでしょうな」

「何ですって、ヘイドンさん」ミス・エヴァンスは喜んで、笑った。

「女性というものはすべて、肝心なところへ行くまでは、とりすましているけど、突然事態は一変するんですよ。それにダンスが終わったあとで、砂丘で寝転がったって文句を言う人間はいないでしょうよ」インゴルスビイは嫌がるライアンをワーズワースの話に無理やり引っ張りこもうとしていた。その彼を怒らせようとするかのように大きな声でヘイドンは言った。

ミス・エヴァンスは、そっと笑った。その笑いには、子供を持つ既婚女性たちの自分へのあからさまな敵意を寄せ付けないところがあった。雨で曇っている窓に目をやりながら、わずかに微笑んだ。

「今晩、砂丘はそれほど魅力的ではなさそうね、ヘイドンさん」

「そうですな」ヘイドンは彼女と一緒に穏やかに笑った。「だが意志あるところに道ありってね」後悔のような響きとあいまって、穏やかな声で、訊ねた。「小鳥に聞いたんですが、昨日の晩はシルバー・スリッパーにいたんですよね？」

「小鳥の言うとおりですわ」と答えた。「ブルー・エーシーズがそこで演奏していました」

「雨ですよ、海での雨っていうのは特にひどいものですな」ヘイドンは、疲れのためか、思い出にひたっていたいのか、ぼんやりとしたまま、手を伸ばし炉棚から白い貝殻を手にとると、耳元へ持っていき貝殻の響きに耳を傾けた。

「雨はすべてのものをみじめにしてしまいますね」オコーナーとずっと二人きりで話していることに飽きて、マクビティは言った。しかし、ヘイドンはものうげにただうなずくだけで、貝殻を元に戻し、再びミス・エヴァンスの方を向いた。

雨が窓を洗い、部屋の光は霧を通って壁紙に描かれた青い海に鈍く反射していた。赤と黄のタチアオイは、高くそびえる帆船のマストのようであった。子供のひとりが、ガラスを拭いて一部曇りを取ると、庭のリンゴの木々の間からキャベツが見え、料理用の青リンゴは雨に濡れた葉っぱのなかで明るく輝いた。

「教育（Education）という言葉はラテン語の『先へ導く』(*educo*)という言葉に由来しています。人々は、教育を現代において解釈する時、そのことを忘れているように思えるのです」インゴルスビイはくどくどと言った。

詩人の話題をやめたことで、ライアンはいくらかほっとしたのだが、それでもなお目では部屋の人々に弁明していた。ゆっくり時間をかければ、もう少し自分の立場をはっきりと示せるんだが。

読むことはせずにページをめくる。楽しみを遅らせるという楽しみ方だ。毎週ヒーローたちでページはいっぱいだ。ロックフィスト・ローガン、アルフ・タッパー、鉄人ウィルスン。部屋、会話、かもめの鳴き声、海。すべてが遠ざかっていく。想像の世界。超能力を見せる神々に取り囲まれている。恥かしいけど僕がなりたかったものだ。

アルフ・タッパーは、溶接道具とゴーグルを放り出し、祖国のゼッケンのついたランニングシャツに着替えた。すばらしい最後の一周でフィールド中を総立ちにさせる。それに、ウィルスン。『鉄人ウィルスンは、難なくひとりでチベットへ来て、エベレストの頂上へ登った』

（小田井勝彦訳）

行き違い　A Slip-up

夫が食事を終えてしまうと、夫婦は二人とも気まずいまま押し黙ってしまったので、どちらかが口を開かなければならなかった。

「やっぱりわしら、農場をやめて、ここに来ない方がよかったんだよ。後を継いでくれる人間がいなかったとしてもだ」とマイケルは言った。そう話す彼のぼさぼさで白髪まじりの頭は、妻とは反対の方向に向けられていた。もしあのまま続けていれば、今日のようなことなど絶対に起こらなかった。やっていたら、こんな恥かしい事件なんて起こらなかったはずだ、と彼は思った。だが、口には出さなかった。

「でも、この歳になって、垣根や溝を越えて家畜を追いかけまわすのは無理よ。朝から晩まで、湖に挟まれた水浸しの土地で、ウェリントンブーツを履いてぬかるみにどっぷり浸かりながら、雌牛に子牛、ニワトリにブタを追うのはねえ。それに、儲《もう》けが出なかったら、次の年には銀行の支店長の所へ借用証書を持って走らなきゃならなかったんだし。いずれこうなると前から思っていたわ」

「それはそうだが、あのまま農場を続けていれば、退職なんて目に遭うことはなかっただろうさ」マイケルの言葉にはすでに気弱な響きがあった。

「とっくに退職してたわ。あのままでいたら、とうの昔に二人ともお墓の中に退職してましたよ。今日のことは私にとってもどれほどつらいことだったか、あなたにはわからないわ」アグネスは泣き出し、マイケルはその間黙って椅子に座っているだけであった。

「私はね、テスコ〔英国のスーパーマーケット・チェーン〕で買い物をして帰ってから、包みを片付けていたの」と彼女は言った。「それで、時計が一時十分前を指してから、燻製《くんせい》ニシンをグリルの中に入れたのよ。時計を見ながら、ああ、マイケルがバース・ビールの瓶をちょうど空けて、ロイヤルのドアから出てくる頃だと思ったの。一時を過ぎたんで、きっと帰る途中でだれかに会ったんだ、って思ったわ。で、十分も過ぎた頃には、きっとあなたはいっしょに仲間に入ったに違いない、と思った。でもだんだん心配になりだしたのよ」

「仲間に入ったりするわけがないだろう」彼はいらいらしながら言った。「いつもロイヤルを一時十分前に出るんだから。一分と狂わずにな」

「私、一時半になって、どうしていいかわからなくなったの。おかしくなりそうなぐらい心配だった。あと五分待ってみよう、もう五分待ってみよう、それでももうあと五分待ってみよう、ってね。心配で心配で動けなくなって、そうしてるうちにもう二時十五分。もう我慢できなかった。だから、ロイヤルへ行こうと思ったの。どうしてもっと早くそれを思いつかなかったか、まるでわからない……」

「ロイヤルに着くと、デニスとジョーンがちょうど店を閉めるところだった。『どうしたんだい、アグネス』ってデニスは言ってくれた。私は『マイケルを見かけなかった？』って訊いたら、『いいや』って彼は首を振ったの。『マイケルは、今日はまったく顔を出さなかったよ。どうしたんだろうって、思ってたんだけどね。去年の冬に流感にかかった時以来、バースを飲みに来なかったのは初めてだから』『あの人、お昼ご飯にも戻ってこなかったのよ。いつも時間通りの人なのに。何かあったのかしら？』そうこうしているうちに、私は泣き出してしまったの」

「で、ジョーンが私を座らせて、デニスがポートワインを少し入れたブランデーを手渡してくれたわ。私が一口飲んでから、彼、こう言ったの。『最後にマイケルを見たのはいつだい？』私はデニスに、テスコへ一緒に行ったこと、あなたがバースを飲みに行ったと思ったこと、そして、燻製ニシンをグリルに入れたこと、あなたが戻ってこなかったことを話したの。そしたら、ジョーンはグラスビールを手に持って私の側に座り、デニスは電話をかけだしたの。『心配しないで、アグネス』ってジョーンは言ってくれた。『デニスがマイケルのことを探し出してくれるわよ』電話が終わると、デニスはこう言ったわ。『どこの病院にもいないね。警察にもいない。だから、心配ないよ。ゆっくりブランデーを飲んで。飲み終わったら、車に乗って探しに行こう。きっと近くにいるよ』」

「その後私たちは車に乗って公園のまわりを見て周ったけど、あなたはどのベンチにも見当たらなかったわ。『どうしよう』って私が言ったら、『いろいろ手を打つ前に、もう少しあちこちの通りを探してみよう』ってデニスが言ったわ。私達がテスコ前の信号を通り過ぎたとたん、『あそこに買い物袋を持っているの、マイケルじゃないかい』ってデニスが言ったの」

「こうして、テスコのショッピング・ウィンドウの前で、空《から》の買い物袋を持ったあなたが見つかったのよ。『ああ、いけない。マイケルに怒られちゃう。テスコから戻る時、あの人を連れて帰るのを忘れてた』って私が言ったの。デニスは車のクラクションを鳴らして、それであなたが私たちに気がついて、こっちに近づいてきたのよ」

マイケルは用務員の仕事を退職して以来、冬に流感にかかった時以外は、毎朝アグネスと連れ立ってテスコまで歩いて行くのが日課だった。するとずっと昔、母親と湖の周りを散歩した時のことを思い出すのだった。穴ぼこや石ころだらけの小道。長く続く湖の土手には、ところどころに荷車がすれちがえるよう、舟形の退避場所が設けてあった。彼は防水布の買い物袋を手にして、楽しそうにおしゃべりをする母親に寄りそって歩いたものだ。今ではテスコに行く時、話をするのはアグネスだった。マイケルはその一方的な話にはもはや耳を傾ける必要はなかった。長々と続く彼女の話に答えても、この頃は彼女を苛立たせるだけになっていたからだ。だから自分たちが手放した、湖に挟まれた農場のことに想いを寄せ、そのもはや帰らぬ日々の思い出にしっかり守られながら、歩いていた。

テスコに着いても、マイケルは店の中には入らなかった。店の陳列品の多さや店内の照明に当惑していたからである。買い物はアグネスが全部するから、マイケルは店の中では用無しだった。だから、雨の降らない日には、あまり寒くない限り、空っぽの買い物袋を持って外で待っていた。天気が悪いと、入ってすぐのところにある酒売り場の前でアグネスを待っていた。退職当初、アグネスの買い物に付き合いはじめたばかりの頃は、酒売り場の店員にきまって「何かご入用ですか?」と尋ねられ閉口した。「いいや、結構」と答える時、マイケルは、自分は家では飲まないたちだ、と言いたかった。だが、クリスマスだけは彼らの家でも酒が出たが、それはお客があった時専用だった。最後にボトルを空けた時から三度クリスマスが過ぎ去っていた。もうクリスマスでもお客はなかったからだ。

しかしその方が彼らには都合がよかった。クリスマスであれ、二人はいつものようにロイヤルまで出掛けていった。クリスマスの日でも、デニスは日曜日と同じ営業時間を守っていた。今では、天気が悪い日に酒売り場でマイケルに注意を向けるのは、新しく入った店員だけだったが、それでもマイケルは、特売という張り紙が貼られたガラスに背を向けて、外で買い物袋を持ってアグネスを待つ方が性《しょう》に合っていた。その頃までにはすでに心の中で、彼女と歩きながら湖に挟まれた農場に到着していたし、作業に取り掛かる準備もできていた。

ロンドンに移り住んだ時に失った土地も、退職してから今までの間にそのほとんどを買い戻していた。サー・ジョン・カース校の用務員を定年で辞めてから、用務員をしていた間に農場がどれほど荒廃していたかを知って、マイケルはすっかり落胆した。用水路は詰まり、牧草地はイグサで一杯だった。菜園は荒れ、生垣がその牧草地にまで侵入していたのである。しかしマイケルはそれらのことをすぐに片付けられるほど若くはなかった。毎日ひとつの作業に専念するのだった。石垣が彼の自信作だった。というのもそれは一番最初に手をつけた仕事だったからである。石垣ができあがる前は、やるべき事が無限にあり、全てが不可能に見え、多くの人の助けが必要のように思えた。しかし、石垣が完成すると、前庭で伸び放題になった雑草を刈り、サンザシを窒息させるほどに生い茂った短い藪を刈り取り、サンザシが密生するよう剪定《せんてい》した。するとやっと石垣とサンザシの生垣の間に、正面にある菜園が広がって見えた。ひとつひとつ仕事を片付けて、ようやくそこから解放されたのである。

その朝アグネスと歩きながら、マイケルは、好天が続いたため干上がったタメ池の水を掃除することにした。まず腐った葉や家畜の糞の混ざった汚泥《おでい》を土手の上に掘り上げた。牛が水を飲む時、そこに進入しないように、重い石でその土手の両側をしっかりと囲み、タメ池に注ぐ小川からは雑草を取り除いた。境界線になっている生垣に向かって小川をたどると、そこで水が塞《せ》き止められているのがわかった。マイケルはそこの水を通し、シャベルに寄りかかって、ただ水が流れるのを見て楽しんだ。その間ずっとマイケルは買い物袋のことなんか忘れていた。しかし、水が全部タメ池に流れ込むと、脇にある買い物袋を再び手で触れた。アグネスはいったい何をしているんだろう。マイケルがテスコの前で、そんなに時間のかかる仕事を終わらせたことはこれまでなかった。一時十分前にロイヤルでバース・ビールを一瓶空けるまでに、そういう仕事をやり終えられたら幸運だとマイケルはいつも思っていた。

今や用水路のごみは取り除かれ、きれいな状態になった。水もすべてタメ池に流れ込むようになっていた。次は畑である。枯れたエンドウ豆の茎は引き抜かなければならなかったので、土が掘り返された。何気なく過ぎる日々の中でも、ミソサザイやコマドリが相変わらずサンザシにとまって鳴いていた。マイケルは菜園の入口にある木製の門を開けた。菜園は三方を生垣で囲まれ、生垣のない面には、牛が入らないように二本の有刺鉄線が杭に張りめぐらされていた。毎年、有刺鉄線の本数を増やしてゆくので、近いうちに畑全体がサンザシで完全に囲われた菜園になるだろうと思われた。彼は枯れたエンドウ豆の茎を、支柱代わりにしていたサンザシの枝と一緒に引き抜き、燃やすために投げ捨てて積み上げていった。それから土を掘り返していった。白と黒のインゲン豆の花がずっとマイケルのお気に入りだった。その香りがサンザシごしに風にのって、牧草地にまで広がり、クローバーにとまっていた蜂を引き寄せるのだった。アグネスが正面の菜園にバラを植えられるはずだ……畑の畝《うね》を半分も掘り返していないのに、マイケルは疲れて熊手に寄りかかっていた。仕事をするには体が弱り過ぎていたのである。いつもより時間が過ぎているはずなのに、なぜアグネスは食事に呼びに来ないんだろう。マイケルは熊手を地面に突き刺し、イライラして、有刺鉄線がある所まで歩いて行った。有刺鉄線の撚《よ》り目が緩くなっていた。小さなハンノキの若枝が杭の一つから生え出ていた。彼はジャガイモ畑のあぜに向った。畝には干からびた茎が枯れて灰色になっていた。今年は保存用の室《むろ》をいつもより高いところに作らなければならない。去年の冬は湖からネズミがやってきたからな。でも、なぜアグネスは呼びに来ないんだろう。心配してくれないのか。自分のことしか考えない女なんだろうか。

マイケルは振りかえって、ショー・ウィンドウを覗きこんだ。商品棚の並んだ通路は果てしないし、照明もまばゆかった。やりばのない怒りが爆発する前にクラクションの音が耳に入った。デニスだった。アグネスも車の中にいた。マイケルは空の買い物袋を手にして、彼らの方に向かって行った。するとふたりが車から出てきた。

「なんでワシをほっておいたんだ？」マイケルは不機嫌な様子で尋ねた。

「ごめんなさい、マイケル。店を出ていく時、あなたのことを忘れていたのよ」

「今、何時だ？」

「三時五分過ぎよ、マイケル」

デニスは微笑んでいた。

「バースを飲み損ねてしまったな。車に乗れよ。送っていくから」

あのまま農場を手放さなかったら、あんなことは起こらなかったはずだ。少なくとも農場にいたら、人づき合いせずに済むのだから。マイケルは何時間も前に食べるはずだった食事を脇に寄せながら、頑《かたく》なに同じことに考えを巡らしていた。「三時五分過ぎよ、マイケル」「バースを飲み損ねてしまったな。車に乗れよ。送っていくから」という声が再び聞こえた時、恥かしさのあまり、子供のように顔が赤くなった。そして物事はこんな風に起こるんだ。いつものように毎日物事が進み、あるとき何かが起こる。それで失敗をしでかし、動けなくなる。そんなことを彼は考えていたのだった。最後にこの恐ろしい沈黙を破ったのはアグネスだった。

「疲れているんでしょ。ちょっと気分転換に横にでもなったら」そう言うとアグネスは皿を片づけ始めた。

「じゃあ、横になることにしよう」マイケルはその誘いに応じた。

彼は軽く眠ったが、眠りは浅かった。夢の中で、その日に起こったある部分だけが現れてきた。ぬかるみを自転車に乗った男が、息を切らした牛の群れを連れてマイケルの側を通り過ぎていった。そして牛の口からは暑さのためによだれが垂れ出していた。エプロンにテーブルのパン屑を落として後片づけをしているアグネスもそこを通り過ぎていった。白い車が湖の周囲を走ってやってきた。門の前で方向を変えると、子供が出てきてマイケルに電報を持ってきた。その子供にあげるコインをポケットの中から取り出そうと焦った瞬間、アグネスに起こされたのである。

「もう起きないとロイヤルに行くのが遅れるわよ」

いた。

「今、何時だい？」

アグネスが時刻を告げると、二十分後には家を出なければならないのにマイケルは気づいた。

「今晩は出かけたいのかどうか自分でもよくわからないよ」

「もちろん出かけるのよ。あなた、どこもおかしいところなんてないんでしょ」

そう言われると、行かなければ、とマイケルは思った。起き上がって顔を洗い、外出着に着替え、ぼさぼさの髪をくしでとかした。そして九時二十分前ちょうどに、いつもの夜の日課通り、エインズワース・ロード三十七B番地のドアを閉めて出ていった。

ロイヤルでは、この老夫婦と挨拶を交わす際、馴染み客はいつも以上に明るく陽気だった。マイケルがギネス・ビールと一パイントのバースを頼もうとコインを差し出すと、デニスはそれを押し返した。「今晩は店のおごりだよ、マイケル。飲み損ねたバースを取り返さないとな」

まっすぐに前を見ながらマイケルは、テーブルにいるアグネスの所へ飲み物を運んでいった。そしてテーブルで向きを変えて腰を下ろし、パブ全体に向かってグラスを持ち上げると、「アグネスに乾杯。マイケルに乾杯」と馴染み客全員が言って、湧き上がった。

「ねえ、マイケル、あなたの思い過ごしなのよ、何もかも。みんな、いつもと同じよ。いえ、いつもより幸せかもしれないわ」バーのほうからビリヤードの球を打つ音が静かに聞こえてくる席で、アグネスはそう言った。

「そう、たぶんそうだろうな、アグネス」マイケルは杯を進めていた。

フレイザー・ウッズが自宅の庭のリンゴの枝で首を吊ろうとした後の数週間は、湖周辺の小さな農場では、誰もが高揚した気分だった。「フレイザーはとんだことだったよなあ」と話しながらも、その声には隠しきれない興奮が見てとれた。自分の興奮が相手に伝わるのを待つ間の彼らの表情には抑えようのない好奇心が現れていた。

「明日の朝は、早くテスコに行きましょう。そしてバースを一本飲みに来ましょう。そうすれば何事もなかったかのように、いつもと変わらなくなるわ。でも、あれは何だったのかしらね」アグネスはギネスで少しからだが暖まっていた。

「ちょっとした行き違いだったんだよ」とマイケルは答え、バースのパイント・グラスをゆっくりすすり、おかわりをしにカウンターに行く時間を引き延ばそうとしていた。

（河原真也訳）

信徳、望徳、愛徳

Faith, Hope and Charity

レディング郊外の立体交差橋建設現場で一緒になって以来、カニンガムとマーフィーはずっと相方として働いてきた。溝を掘るのが仕事で、掘ったヤード数に応じて賃金は支払われた。担当する溝はところどころ機械が容易に入って行けない場所にあって、作業は危険だった。掘り進みながら、土面が崩れないように止め板で押さえなければならなかった。その止め板を、四角い鋼板が両端についた、長さの調節できる金属棒で押し広げるように支えた。二人とも所得税を免れるために、偽名で働いていた。

一年中溝の中で奴隷のように働いて稼いだこの金を、二人は毎年、アイルランドでのひと月の豪勢な休暇で、派手に浪費するのだった。男というのは、女の身体に「知」のすべてが宿っているという妄想にとり憑かれているものだが、実際に入ってみたところで、相変わらず無知のままであることに気づくだけで、この次こそは何とか一切の「知」の根元を見極められるだろうという幼稚な期待を一方では抱き、他方ではそんなもの見つかるはずもないので、同様に幼稚な復讐に似た思いを抱き、あらゆる女に向かって男は何度も何度も駆り立てられ、底知れぬ臓腑にナイフをぶち込むというわけだ。二人は嫌悪感をつのらせていった。毎年、次の豪勢な夏の休暇に向かって溝を掘るにつれ、マーフィーとカニンガムの話は次第に妄想を帯び、さらに毒を含むようになっていった。「自分の国のウスノロひとり養えねえような国だから、俺たちが交代でやってやんなくちゃならねえってわけさ」

最も手間取ったのは、掘削《くっさく》ではなく、後方の崩落防止板の取り付けだった。八月が近づくにつれ、二人は次第に上《うわ》の空になり、今年の夏はこれまで以上に派手に札びらを切ってやろうという思いで、稼ぎに対する貪欲さは増していた。わずかずつだが、金属棒の入る間隔が広がっていた。自分たちは不死身だと感じていたから、どんなにいいかげんにやったところで、事故が起こるのは他人《よそ》さまのことだと思っていた。

マーフィーは溝壁の上に立ち、ヘッセル・ストリートに打ち込まれた割り杭のフェンスを背にして、下方でカニンガムがつるはしを振り回すのをじっと見守っていた。真昼の太陽が、容赦なく溝に照りつけていたので、ふたりは交代で掘り、五分かそこいら毎に上にあがってきては、テムズ川からそよいでくるわずかな空気の流れに当たって涼《りょう》をとった。

前触れもなく突然板がひび割れる音がして、溝が崩れ落ちた。マーフィーは溝の縁《へり》から後方に倒れて難を逃れたが、カニンガムに逃げる暇はなかった。板と土砂の中に埋まってしまい、かろうじて肩から上が、土砂から出ているだけだった。

皆が掘り出そうとしている時、カニンガムはまだ生きていたが、板が外れたとたんに死んだ。板が背中を打ち砕いてしまっていた。

遺体に付き添ってロンドン病院まで救急車に乗って行く間、動揺するマーフィーの胸中をよぎっていたのは、「この一件には警察が乗り出すだろう。そしたら偽名がばれ、予定より早く休みをとらにゃならんかもしれん」という不安だけだった。

救急車が立ち去ったあと、人夫たちは、数人ずつのかたまりになって、押し黙ったまま現場周辺に立っていた。向こうでは数台の車のエンジンがかけ放しになっていたが、そのうちに、汚れたワイシャツの上に慌てて黒スーツをはおり、黒ネクタイを締めてきていた老親方のバーニーが、突然てんかんに罹《かか》ったかのように、怒鳴り散らしだした。「てめえら、何やってんだ。さっさと働きやがれ。一日中ぶっ立ってて、金がもらえるとでも思ってんのか」

不承不承現場がもとの活気に戻っていこうという時、一陣の風に巻き上げられた空《から》のセメント袋が、砂利の上をぐるぐる回転しながら飛んで行き、しまいに、ヘッセル・ストリートの割り杭のフェンスに巻き付いた。

村の郵便局で訃電を中継する電話が鳴った時のアイルランドも、暑い日だった。留守番をしていた手伝いのメアリーは電文を公式の用箋に書き取り、それを黒いハープ模様の付いた緑色の小封筒に入れた後、どのように配達してもらったらいいものかと頭を悩ませた。暑い日だったので、誰もが二マイル先の干草農場に出払ってしまっていた。だからといって、自分がそんなに遠くまで出かけて行って、郵便局を留守にしておくわけにはいかなかった。そこで娘は、向かいの学校にまだジェームズ・シャーキー先生が残っているかどうか、確かめてみることにした。校舎のドアには、鍵が掛かっておらず、教室の中には、帽子を被った先生がひとり残って、試験の採点をしていた。

教室のドアのガラスを娘が叩くと、先生は机から顔をあげて、「何だね、メアリー」と言った。

「デラダのジョー・カニンガムのことなんですが」と言って、娘は緑色の小封筒を掲げた。「イングランドで、事故で亡くなったそうなんです。あいにく皆干草作りに出かけてしまっていて」

「ジョー・カニンガムかね」子どもの頃の顔が思い浮かんだ。頭の悪い、ぱっとしない子で、カニンガム家の長男だった。下の二人はまだ学校に通っている。去年の夏も戻って来ていて、あちこちの飲み屋でほらを吹いては札びらを切っていた。「先生何を飲みますか。今日は俺がおごりますよ。俺たちは天才とは言えなかったかもしれねえですけど、みな上等にやってきたっすよ」上着には、錫箔《すずはく》のかすみたいなものをちゃかちゃか光らせていた。

「私が持って行くよ、メアリー。私が持って行くってことでいいだろう。あの家族とは長いこと馴染みだから。で、おたくの連中は畑に乗用車で行ったんだろうね」

「いいえ、ワゴン車で出かけたようです」

「じゃ、私が乗用車を借りるとしよう」

先生がカニンガム家に着いたとき、ドアはどこも開いていたが、中には誰もいなかった。近くにいるにちがいない、おそらく、干草作りをしているのだろうと思った。暑い日にドアがみな開け放しになって誰もいない家には、凄い静けさ、「死」の静寂とでも呼べる静けさがあるものだと思った。草地への入口を通って入って行くと、白黒の斑《まだら》の牧羊犬がハエを追い回すのをやめて一目散に走ってきた。草地は湖の上の丘の斜面に位置していた。日陰にある一ガロンほどの湧き水の中に、わずかな牧草の種子に混じって、ブリキのコップがひとつ浮いていた。湖の向こう岸の勢いよく伸びる蒼い葦《あし》むらの脇で、手漕ぎボートに乗った男がひとり、パーチを釣ろうとじっと糸をたれていた。父親と母親と、四、五人の子どもたちが皆干草農場にいた。牧草地の草はすでに掻き集められた後で、皆は干草の山の天辺を仕上げているところだった。牧草地に帽子を被った男が入って来た時、皆の仕事の手が止まった。父親は、縄をなっている息子に手渡す干草を梳《す》く手を休め、身を起こした。待っている間誰ひとり不快感を隠さなかった。おそらく、子どもの内の誰かのことで教師が文句を言いに来たのだと思っていたのだが、やがて、淡緑の封筒が目に入った。

帽子を被った男は、父親が電文を読むのを見守りながら、「ご愁傷様です」と言った。

「もし、私にできることがありましたら、遠慮なく言ってください」

「ジョーがイングランドで死んだ。主よ、息子の霊に慈悲を垂れ賜《たま》え」と、茫然となった父親は静かに言い、封筒を母親に渡した。疲労のせいで動作のひとつひとつが鈍かった。

「まあ、何てこと。ジョーが」と、母親は泣きくずれた。

年長の子どもたちが泣き出した。けれど年少のふたりの娘は、干草を一摑み手に取り、握った干草を透かしては、ふざけ半分に互いの顔や、消沈しきった牧草地全体を覗いて、しまいにはけたたましく笑い出した。

「ロンドンに行かにゃならんな。あいつを連れて帰らにゃ」と父親が言った。

「何か、私にできることがありましたら」と再び教師が言った。

「どうもすいません、先生。いいかげんに静かにしろっ」と、妻に向かって言った。「もう家に入るぞ。干草を片付けるのなんか後でいい。泣くなったら、ブリジット。あいつがワシらと過ごす残りの数日間は、精一杯のことをしてやらなくちゃな」と父親は、皆が連なって牧草地を出て行くときに言った。

「何か、ちょっと一滴でも差し上げられればと思うのですが、先生」両人は、開けっ放しになっていた戸口で立ち止まった。

「お構いなく。私にできることといえば、あなた方が身支度するのを邪魔せず、二時間ほど経って迎えにくることくらいですから。そのあと車で町までお送りしますよ。いろいろ段取りをつけることがあるでしょうから」

「そんなことまでして頂いて、ほんとに先生、ご迷惑をお掛けすることにならないんでしょうか」

「ちっとも迷惑なんかじゃありませんよ。さあさあ、中へどうぞ」

エンジンを掛けようとしたとき、開け放たれたドア越しに「主よ、祈らせたまえ」という父親の声が聞こえた。家から街道に通ずる小径《こみち》に立つポプラ並木の葉が、夕暮れの静寂《しじま》の中でガサゴソ大きな音をたて始めていたので、掛かったエンジン音がその音をかき消してくれたのは嬉しかった。

父親はロンドンに行き、二日後に棺《ひつぎ》とともに飛行機で帰国した。長い車の列がダブリン街道で霊柩車を出迎え、教会まで追走した。翌日盛儀ミサが終わると、白い喪章をつけた若者たちが、霊柩車の後について橋を渡るところまで送った。そこから、霊柩車だけがスピードをあげて走り去り、アードカーンが見えるところまで来てようやくスピードを緩めた。そこに遺体を埋葬した。

数週間後、司祭館の居間の大きなマホガニーのテーブルを囲んで、「ダンス委員会」が会合を開いた。司祭と、例の帽子の教師、市会議員のドハティー、「とんがり顔の郵便配達」ことオーエン・ウォルシュや、郵便局の所有者ジミー・マグワイヤーなどがいた。

「皆さん、だいたいお集まりのようですね」と、会合の時間を大分過ぎたので、司祭があたりを見回して言った。

「そうですね」と、すぐに郵便配達が答えた。「パディー・マクダーモットは残念ながら来られないと言っていました。羊の用とかで」

「じゃ、始めた方がよろしいですな」と司祭が言った。「こうしてお集まり頂いた理由は、もう皆さんもご存じのことと思いますが、もう一度簡単に整理しておきましょう。カニンガムの息子さんがイングランドで亡くなったわけですが、家族は何としても遺体を持ち帰るといって譲りませんでした。それが賢明だったかどうかは別としましても、すでにそれはなされており、我々が唯一わかっていることは、イングランドから祖国への棺の空輸代金をカニンガム家が払えないでいるということなのです。話によれば、父親のジョーがこの冬葬儀費用の清算をしにイングランドに行かねばならないらしいのです。ここにおられる皆さんは、そんなことを気にすることはないと感じておられると思うのですが、いかがでしょう」皆低く呟くような声で賛同した。

「そこで、ダンスの夕べでも開こうと決めたわけです」と教師がおもむろに話をつないだ。

「他に妙案をお持ちの方がおられれば話は別ですが」

「募金のことは考えたでしょうか」と市会議員ドハティーが、何かひとつぐらい訊いた方がいいと思い口を開いた。

「ダンスの夕べで募金の方も賄えると思うのです」と司祭が言うと、市会議員はわかったとばかりに頷いた。「参加されない方には、募金を送ってもらえるよう依頼するということにしまして」

「そういったことだったら私が協力できるかもしれません。ごたつかずうまくいくよう、配達のおりに私がそのことを触れて廻ってもいいです」と、郵便配達が言った。

「言うまでもなく、有名なバンドかなんかそういったものを呼ぶことにはなりますが。『信徳、望徳、愛徳』でしたら、それなりの皮算用はできるでしょうし、黒ビール数ケースぐらいで演奏してもらえるはずです。会費はそれぞれ払える範囲で払っていただくということで」と司祭は言った。

「信徳、望徳、愛徳」というのは、クライアン家の年のいった独身三兄弟のバンドで、地元の催事ではよく演奏していた。三人は、ずいぶん昔から「信徳、望徳、愛徳」と呼び慣わされていたので、名前の経緯《いきさつ》を知るものはもう誰もいなかった。「信徳」がヴァイオリンを弾き、「望徳」がドラムで拍子を打ち、「愛徳」は、アメリカからの渡来品といわれる古いアコーディオンを抱えていた。

「これで、すべて段取りがついたようです。あとは、日程だけですな」一同が小さな声で同意すると、司祭は席を立ち、食器飾り棚《キャビネット》の鍵を開けた。重そうなタンブラーを五つとウィスキーの入ったカットガラスのデカンターを取り出した。すでに、水の入った水差しが、大きなテーブルの中央に飾られた薔薇の花瓶の脇に用意されていた。

ダンスの夕べは心地好く澄み渡った九月のある夜催された。畑の上には大きな中秋の名月が掛かっていた。会場まで来る道のりは、昼間のように明るく、ホールは満杯だった。年輩の人たちのほとんどは、ただ顔を出しに来ただけで、夜半にもなれば、ダンスは完全に若者たちのものだった。ダンス委員会は、収益金を数え終わった後、引き上げた。郵便配達と教師が後まで残ってホールの鍵を閉めることを了承した。二人は戸口近くのテーブルに陣取り、若者たちが踊るのを見守っていた。踊っている連中のほとんどが教師の教え子だった。だから、それぞれがカップルになって、車の後部座席に消えて行こうとする時には、ばつの悪そうな顔をして教師の座るテーブルの脇を通って行くのだった。

「そろそろ『信徳、望徳、愛徳』もいつもの調子になってきたのでお客がほとんどいなくなってしまいそうですな」と言いつつ、郵便配達は、演奏しているステージ上の老三兄弟のあいだに置かれた黒ビールの空ケースに向かって、茶目っ気たっぷりに頷いてみせた。

「最近、ますますやり始めるのが早くなったようですな」と、教師は言った。

「それでも、やってるときは最高の気分なんだと思いますがね」と言って、郵便配達は薄笑いを浮かべて、ドア脇のテーブルの上で腕を組んだ。いつだって、帽子を被ったその先生と議論すると、多少インテリになったような気がするのだった。そうこうするうちに、「信徳、望徳、愛徳」が、「口笛を吹くジプシー」のさわりを演奏し始めた。

「だめ、だめ、オーエン。鎌を掛けても、お前さんと今そこまできわどい話をする用意はないんだ」と、ジェームズ・シャーキー先生が先手を打った。

（鈴木英之訳）

ジョッコ

「今日ジョッコの野郎が来たら、今度こそいやっていうほど尻を蹴り飛ばしてやるからな」マーフィーはひどい勢いで笑って言った。大きなハンマーを持った力強い両腕の毛は埃とオイルで皮膚にべったりとはりついていた。皮膚の厚い顔にくっついた小さな青い目は、自分が言ったことを相手がどう受け取ったか考えて、キラッと光った。マーフィーが大きなハンマーを持ってミキサーの後部からいつ飛び出してくるのかわからないという緊張感がいつもあったし、マーフィーじゃなかったら誰か他のやつがシャベルかハンマーを持って飛び出してきただろう。

「動物以下だな、人間の風上にもおけねえ」キーガンが同意して言った。禿げ頭の上には茶色の帽子がのっていたが、汗と埃で臭かった。キーガンは従兄弟がモーヒルで教師をしているのがとても自慢だった。

「葬儀屋で奴のど頭《タマ》の検死なんかに立ち会いたくねえしな」マーフィーは言って、他にすることがないので、エンジンを空《から》ふかししている鋼鉄製のホッパー〔穀物・セメント・石炭などを流下させる漏斗《ろうと》状の装置〕の後部を叩きはじめた。

ジョッコは毎日メチルアルコールやリンゴ酒の原酒でふらふらになってやってきては、たいていミキサーの下の日陰と水溜りのところへと直行した。

「ジョッコの奴がそこに横になっているところにホッパーの漏斗を落としたら、ハムサンドイッチみたいになって、おかげで俺たちはみんなひどい目にあうだろうよ」マーフィーが続けて言った。

「ともかくあんな野郎がここをうろついていたんじゃ、じきに悪い評判が立つ」キーガンが厳しい口調で言った。ゴールウェイはシャベルにもたれて、ミシンの上に屈んで作業している女の工員たちの胸のあたりをじっと見ていた。工員たちの姿はクリスチャン・ストリートにあるガウン製作所ローズ・アンド・マーゴット社の四階の窓から見えた。なにしろゴールウェイは一番年下だった。暑い夏の間中、ゴールウェイとキーガンと一緒に、堂々とした猿みたいな様子でミキサーを動かすマーフィーの後ろで俺は働いた。それまで二週間ジョッコは毎日姿を見せていた。ミキサーは空ふかしをした。屋根の上では支柱を取り替えていた。

「ここに悪い評判が立つって言えば、お前が今朝来たときなんか、お日様にとっちゃ恥さらしの格好だったぜ」キーガンは俺に言った。

「俺だったらあんな格好をするより眠っていたほうがましだな」俺は握っていたシャベルの柄《え》をさらに強く握った。刃先は砂利や砂でできた冠石で銀色に鋭く光っていた。

「俺はネクタイをして見苦しくないジャケットを着てくるな。それから着替えをする。作業服じゃ来ないんだ。ひどい格好をしているのを見たら、みんなはみじめな奴だと思うだろうよ。俺は猿どもの王様が何を着ているのか知らないし、気にもしない。だが俺たちアイルランド人はお茶を飲むときみたいにいつもきちんとしていなきゃならない」教科書に書いてあって忘れていた言葉が正しいとでもいうようにキーガンは言った。

「お前や猿どものことなんかどうでもいい」俺は言った。ゴールウェイがふざけてキーガンの被っている帽子を落として禿げ頭が現れた時に、いつもは馬鹿みたいに見えたキーガンの顔が瞬く間に意地悪い表情に変わったことを思い出しながら、俺はシャベルの柄をじっと握り続けた。あの時はキーガンのシャベルの刃先がゴールウェイの喉を掠めるところだった。

「猿どもの王様か」ミシンに屈んでいた女の工員の胸の片側が見えなくなると、ゴールウェイは馬鹿笑いをして言った。しかしキーガンがぐずぐずしてゴールウェイを攻撃しないでいると、屋根の足場の手すりから、バーニーが笛をならした。支柱の準備ができたのだ。煙を出し、ディーゼルの臭いを撒《ま》き散らしながら、ミキサーは運転を再開した。

「始めようぜ、こんちくしょうのシャベル、こんちくしょうのこんちくしょう」マーフィーが轟音の中で叫んだ。

シャベルが突き入れられ、調子をつけて長い木の箱に砂利が投げ入れられ、箱が一杯になると取っ手を持って箱は傾けられて、鋼鉄製のホッパーに入れられる。砂利二箱に砂一箱の割合だ。そして砂が砂利の上に落とされると、キーガンが、積んであった場所からセメントを一袋肩に乗せて走ってきて、その上に投げ落とす。ゴールウェイのシャベルが袋を二つに切り裂き、袋の両端が引っ張り上げられると、あたりに灰色の煙が漂う。

ホッパーが揚がる。この瞬間俺たちはシャベルにもたれて体を休めることができる。ホッパーが止まると、マーフィーが大ハンマーでその後ろを叩く。最後までこびりついていた砂や砂利が回転している円筒形の容器に落ちていくが、そこで刃先に水がバチャバチャとかけられる。

ハンマーで叩く時、マーフィーは調子をつけてこう言う、「天にましますあの下衆野郎、九シリング十二ペンスで長靴を買い給えだ」ホッパーの後部は太陽の光でよく打ちこんだ銀のように輝いた。

ホッパーが再び降りてくると、マーフィーは同じ調子で叫んだ、「こんちくしょうのシャベル、こんちくしょうのこんちくしょう」そしてシャベルは機械的に突き入れられ、砂利二箱に砂一箱の割合で、すくいあげられ、セメント袋が二つに切られ、両端が引っ張り上げられると、四十五キロの重さのセメントの灰色の煙があがった。一日中こんな調子で仕事は続いた。

マーフィーは混ぜ合わせたコンクリートを円筒形の容器から落とし樋《とい》に流し入れ金属製のバケツに入れていった。昇降機のエンジンの音が鳴ると、バケツは鍔《つば》つきの帽子を後ろ前に被った赤ら顔の老人のスライゴーのところまで昇っていった。スライゴーは足場に固定された円筒形の金属製の容器にコンクリートを傾けて入れると、次にバケツを再び降ろした。二輪の手押し車に容器の跳ね上げ戸からコンクリートが満たされ、手押し車は厚板の上を走って間仕切りの鋼鉄の上にコンクリートが投げ入れられる。暑い日の屋根の上の作業で一番いいのはテムズ川から吹いてくる風であった。

調子をつけてシャベル一杯の砂利を木製の箱に何回も入れるのにうんざりしてくると、一年前の夏、この現場での最初の日のことを繰り返し思い出す。

現場に入る前にジャケットを丸めて溝に入れるようにと言われた。そして監督が誰か訊いた。

「ここじゃ誰が監督だい？」俺は訊いた。バーニーを指差した。バーニーは今足場の鉄骨に寄りかかっているが、そのときも同じ黒いモーニングを着てウェリントンブーツを履いて、屋根のコンクリート打ちを見ていた。黒いネクタイが汚れたワイシャツのカラーから垂れ下がっていた。

「雇ってもらえるかな？」俺は訊いた。

バーニーは俺を眺めまわした。両肩、腕、腿。以前にシャンブルズの市場で親父の牛を売ったときのことを思い出した。ステッキを背骨に沿って置いて、尻肉のつき具合を見たり、唇を引き戻して歯の具合を見たりした。だが今はシャベルで土砂を掬《すく》って一時間に数シリング稼ごうというのだ。シャベルのこんちくちょう、こんちくしょうのこんちくしょう。

「前に建築現場で働いたことがあるか」バーニーは訊いた。

「いや、だが畑仕事はしたことがある」

「どういう仕事だ」

「普通の仕事だ。泥炭掘りにカラスムギにジャガイモだ」

「じゃ、船で着いたばかりだな」

「昨日だ。仕事をくれるって聞いてきたんだが」

「じゃ、十二時から始めてくれ」バーニーはいつものゆっくりとした口調で言って、事務所になっている木造の小屋を指差した。「職業安定所の住所を教えてくれる。書類をもって十二時前には戻ってきてくれ」

最初の数日間、時間は今よりゆっくりと過ぎていったが、退屈は全くしなかった。マメのできた両手で、膝は水膨れになりながら、他の奴らと同じ時間内でシャベルを突き入れるのは今より苦痛だった。躓《つまず》いたように腿でシャベルをちょっと突いていると、「マスをかき過ぎるからだめなんだ」とからかわれるが、それは鶏が弱ってしまった雌鶏を死ぬまで突っつくような仕打ちだった。木曜日が怖かった。バーニーの肩たたきだった。「お前さんはこの仕事に向いているほど丈夫じゃないな。もっと軽い仕事を自分で探した方がいい。給料の支払いのとき、事務所に書類はできているからな」

口をしっかり結んで、忍耐強く、身体も堅くなった今では、もうどんな木曜日だって、肩をたたかれる恐怖はない。今では他のどんな奴とも伍して、機械的にシャベルを砂利の山に突き入れ、砂利を投げこんだ。

「何時だい？」俺はキーガンに訊いた。ポケットを探って、埃がつかないように布にくるんだ大きい銀時計を取り出した。何時か教えてくれた。

「畜生め、あと二十分もあるぜ」一分一分がゆっくりと経っていくことに腹を立てながらゴールウェイが言った。じっと我慢をして一分いくらになるのだから。

「畜生め、あと二十分か」俺は繰り返して言った、短い言葉をいう度に「畜生め」を繰り返して言うのは最初は耳障りだったが、今では癖になっている。だから「畜生め」と入れないと気持ちが不安になってくる。特に「ご親切に。どうも、ジョーンズさん」と言わなければならないときはなおさらだ。

「この仕事には、畜生め、先行きの見込みなんかないんだ」キーガンはいやだいやだという調子で言った。「歳はとる。仕事は同じだ、だがその時にはもう前のように身体がきかなくなっている。他の仕事なら歳をとると仕事を他の奴らにやらせればいい」

「ジョッコのやつ、まだ現れないな」ゴールウェイは話題を変えようとしてマーフィーに言った。ゴールウェイは白いハンカチの両端を結んで被って、ヘアクリームをべったりつけた黒髪に埃がつかないようにしていた。

「奴が来たら金玉を蹴り上げてやるさ」マーフィーはホッパーの裏側をハンマーで叩きながら言った。

「ガキどもは学校に行っているから、俺よりいい生活をするだろう」キーガンは、しつこく自分を責めながら続けて言った。「奴らには将来の望みがある。だから俺はこのつまらないミキサーの後ろで働いているし、女房は掃除婦をしている。ガキどもが学校にいけるようにだ。奴らには将来の望みがある。ホワイト・カラーになるんだよ」

「ポークチョップを食い、ビターを何杯も飲んで、眠る前に女房といつもの一発をやる、それが、畜生め、望みだとよ」マーフィーはハンマーで叩くのをやめて大声で言った。言い終わると、ミキサーの音よりも大きな声で笑った。

「その通りだ」ゴールウェイはそれに賛成した。「さあ、キーガン、シャベルだ」

「俺は思い上がった新米とだっていつだってシャベルで張り合えるんだぞ」キーガンはまだ同じように敵意を表しながら答えたが、帽子の下から滝のように汗を流して黙ってしまった。

「こんちくしょうのシャベル、こんちくしょうのこんちくしょう」マーフィーは言い合いを見ていたので大声で言った。それからとうとう作業終了の笛が鳴った。

食堂に行く時に黒人の解体班のいるところを通ったが、家々からでた木材がブルドーザーの後ろで猛烈に燃えていた。屋根の上では二人の黒人がつるはしでスレートを叩き割っていた。立ち入り禁止になっていた通りには売春婦たちが住んでいたが、解体作業の前の空家から空家へと移動していた。月曜日の朝になると、女たちが日中寝ている間に、排水溝にはグニャグニャのコンドームが浮かんだ。

食堂の搬出口からマージがハムかトマト入りのロール・パンと紅茶のカップを手渡した。

俺が硬貨を渡すと、「はい、はい、パー〔パトリックというアイルランド人一般の名前の渾名〕」とマージは言った。これに慣れるのが一番困ったことで、永久にパーと呼ばれるより名前なんかない方がよかった。

「どうも、マージ」自分の笑いの中にまだ辛らつな皮肉があって、まだ自分が置かれている状況に完全に慣れ切っていないことに腹を立てていた。逆に自分の中では本来の自分を全部抹殺しようという望みをもっていたからだ。

俺はミキサー担当の他の連中と架台式テーブルに座った。後ろでは大工たちがトランプをしていた。ゴールウェイとキーガンとの間でむっつりと憎悪が燃えていたが、ゴールウェイは競馬新聞から頭を上げずにパンを食べ、紅茶を一気に飲み込んだ。短い鉛筆で自分のひいきの馬に印をつけていた。

母が毎週送ってくれた『ヘラルド』紙の地方版を声に出して読んだ。アイルランドでは天気がよくなるように全部の教会で祈りを捧げるよう命令が出たのだ。夏の間中雨が降っていて、収穫が危ぶまれていた。

「こんちくしょうのノアのやろうの洪水のときよりもっと多く雨が降りますように。みんな木に登らなくてはならなくなりますようにだ」マーフィーが意地悪く笑って答えた。

「アイルランドなんか俺たちをイギリスくんだりまで送って飢え死にでもさせることぐら

いしかやってくれない。コネがなくちゃな、それでなくちゃ俺たちは全く価値なしさ」キーガンはなおも言った。

耳慣れた長い演説は続くが、シャベルを突き入れて砂利を投げ上げるのと同じようにこの話がどこに行くのか分かっていた。俺は外に出て、笛が鳴るまで陽があたっている鋼鉄材の山積みの上に座ったが、そこでも一人にはなれなかった。ティパレーリが後についてきて鋼鉄の山の上に座ったからだ。十一歳のときに無理やりにクリスチャン・ブラザーズの学校に入れられたが、教師の資格をとるための試験に合格しなかった。そして調理場で働くよう言われたとき、学校を去ってイギリスにやってきたのだ。ティパレーリは柱と柱の間に鋼鉄線を打つ仕事をしていた。頬はくぼんで、整った顔には子供の持つ困惑の表情があったが、そこにあるはずの若者の官能的な表情は消えていた。

「シェイクスピアは自分がなりたかったものを全部書いたんだと思うかい」ティパレーリは訊いた。俺が中等学校に二年間行っていたことを耳にしていて、お互い教育を受けた人間として話ができると信じていた。時々「教授」と呼ばれて、ひどくからかわれていたが、強情なまでにバカさ加減を曲げない純粋なところがあって、みんなはうんざりしていたが、ちょっと尊敬もしていた。俺を見る態度で俺は落ち着かなくなった。俺は、ティパレーリが磔《はりつけ》になるときに同じように磔になる泥棒になりたくなかったし、このキリストに対する裏切り者のユダにもなりたくなかった。

シェイクスピアは自分がなりたかったものを全部書いたのか知らないが、そう言われていたし、人間なんてみんななりたかったり、なれなかったりもがいているものだ、と俺は話した。

「でも人間って誰のことだい」ティパレーリは続けて言った。

「人間は人間さ。だからみんなシェイクスピアが好きなんだ。ビールを飲んだり。仕事を始めたり。人間っていうのは俺たちかも知れないぜ」俺は笑って食堂のドアをじっと見て、合図の笛が鳴るのを耳を澄ませて待っていた。ティパレーリにいやな思いをさせて遠ざけたかった。俺が用心して自分を出さないようにしているところをグサリとやってくる。俺は本音のところを出しながら生きていこうとは全く思っていなかった。

「ジョージ・バーナード・ショーも自分がなりたかったものを書いたと思うかい」ティパレーリが訊いた。たぶん試験の問題に満足に答えられなくて、その結果調理場で働かなくてはならなかったことを気にしているのだろう。

「ジョージ・バーナード・ショーについては何も知らない」俺は鋼鉄材の山から立ち上がった。

「でもあんた中等学校に行ったんだろう」

「二年間な」

「じゃなぜ続けなかったんだい。試験に合格したのに」

「忘れたよ。続けなかったんだから」俺は動揺していたし、動揺させられたことでティパレーリを恨んだ。

「でも、勉強したんだろう。なりたいものになったかどうかで人の一生は決まるっていうことを勉強したんだよ」

「何も勉強したくなかったんだ。もっといい仕事をしていたかもしれないが、ともかく俺の希望は違う方向にいっちゃったんだ。他の何をやったってミキサーの後ろで働くのと大差ないってことだ」

ティパレーリが別の疑問を考えている間、陽にあたった錆《さ》びた鋼鉄材の山に座って二人は身動きもせず黙っていた。

「今日ジョッコがきたら叩きのめしてやるってマーフィーが言っているぜ」俺は話題を変えて言った。

「スライゴーも、口に出して言わないがそう考えているよ」ティパレーリはゆっくりとした口調で言った。「いいことじゃない」

「だが、ジョッコがきたら、始まるさ」

始業の合図の笛が鳴った。誰も食堂から出て来なかった。バーニーが怒鳴りながら入ってくるまで座っているつもりだ。「さあ、みんな。笛が鳴った後五分間も座り込んでいると給料が貰えなくなるぞ。さあ、出ろ」

「調子はどうだい、パディ」トラックの運転手が、ミキサーの後部にあけた荷台の砂利の確認をするために俺にサインをするように言いながら訊いた。

「何とかやっているよ」書類に読み取り不能の文字を少し殴り書きしながら答えた。誰がサインをするかは問題ではなかった。

「うまくやれよ、じゃあな」俺の肩に手をやってマーフィーに向かって親しげに下品なことを言った。マーフィーはミキサーのスイッチを入れた。

熱気が更にひどくなった。ジョッコはやってこなかった。誰も言葉少なだった。ゴールウェイの顔でさえも、セメントの埃が白く塗ったようになっているところに汗が流れて縞模様ができていた。

「誰かレモネードを買いにいってくれる奴はいないか」一時間以上経ったときにキーガンが訊いた。俺は、グリーンバウムの店に行こうと言った。そうすることでエンジンとディーゼルの騒音と息もつげないほどの熱気の中の埃から数分間逃れられたからだ。

「このごろ歩くのがつらくてな」キーガンは感謝して言った。

ワイヤーで繋がれた柱の隙間から出て、パセリやフルーツの他にピーマンを売っている露店のあるヘッセル・ストリートに入って行った。通りはシラミと血と鶏肉の臭いが漂い、ユダヤ人の鶏肉屋の前では、綿毛と羽根が踏みつけられ、鶏の血と糞にまみれていた。それでもミキサーの埃を吸った後では田舎の空気を吸っているように感じた。

「タイザー〔レモネードの商標名〕を六本くれ」ポーランド出身の白髪頭のユダヤ人、グリーンバウムに注文した。「ツケにしておいてくれ」

「全部ツケにしておいて、ある日お前さんたちは行方をくらまして、グリーンバウムは破産だよ」

「支払いはするよ。今日は給料日だから」

「グリーンバウムはビン代は取らない。お前さんたちはみんな投げ捨てちゃうんだからね。で誰が損するの？　グリーンバウムよ」ビンをカウンターに置きながらぼやく。脚を怪我した男が治ったあとでもまだ松葉杖を使い続けるみたいにぼやき続ける。

　ミキサーの後部で、バケツが一番上にいるスライゴーまで上ったとき、ビンは口から口へと回し飲みされた。

「喉をごろごろ鳴らして飲むんじゃねえ」キーガンがゴールウェイに文句をいう。「俺たちアイルランド人は……」

「お茶を飲むときみたいにいつもきちんとしていなきゃならない」ゴールウェイは意地悪く続けて言う。「さあ、シャベルを持て、野郎ども」

「こんちくしょうのシャベル、こんちくしょうのこんちくしょう。今日は給料日だ」シャベルという言葉が頭の中の警報装置を鳴らしたみたいにマーフィーが叫んだ。そして休みなくシャベルが砂利の山に突き入れられ投げ入れられた。砂一箱に砂利二箱の割合で、袋の端を切って息ができないほどの熱気の中でグレイのセメントの噴煙があがる。そして給料支払いの笛が鳴った。

支払い所窓口の列の最後でティパレーリと俺は一緒になった。

「ジョッコはまだ現れないな」話がさっきのように難しくならないようにと思って俺は言った。

「まだだ。スライゴーはやつが来たら頭のてっぺんから水をぶっかけるつもりだよ。いいことじゃないな」

「でもたぶんそうなるな」

「でもいいことじゃない」

各々は登録番号が打ってある薄い真鍮《しんちゅう》のメダルを持っていた。夜宿舎の釘にかけておくための穴があいていた。

窓口で俺たちは自分の名前と登録番号をいい、メダルを見せると事務員が小さな茶色の封筒に給料を入れて手渡した。

封筒の上には就労時間と時間あたりの給料といろいろの差し引き額を引いた額が書かれていた。

男たちが立ち止まって、大きな手でゆっくりとぎこちなく、貰った金がいくらか見ていると、女の声が叫ぶ。「まだ燃えているうちに来てものにしなさいよ」

男たちは視線を上げて、その声の主を探す。するとブルドーザーと燃えている木材の先に立入禁止になった家並みがあり、上の階の窓からキャスリーンが身を乗り出して、大きくてだぶだぶの乳房を男たちに向かって揺すっている。

「安くしておくよ」キャスリーンは叫んだ。歓声があがって、みんな銃を撃つみたいに卑猥な言葉を叫んだ。

「下の方がもっといい気持ちになるんだよ」アルコールで顔を真っ赤にしながら、大声で言い返した。

「ひどいな。目も当てられない」ティパレーリは言った。

「大丈夫だよ。金を見て興奮したんだ」ティパレーリの方がキャスリーンより俺にはうるさかった。

「今晩ビターを何杯も飲んだ後、奴らは格好つけて歩いていくんだよ」

俺も一度やったことがある。あるクリスマス・イヴのことだった。キャスリーンはクリスマスの買い物は全部終わったけれど、七面鳥はまだだと言った。スミスフィールドで安く買えればと思っていると言った。売れ残りの品物が出ないようにと店が閉まる前には値段を下げるので、客で清掃員だった奴をあてにしていると言っていた。

キャスリーンの熟練の両手がなかったなら、欲望を奮い立たせることは不可能だったろう。そしてキャスリーンのグリセリンみたいな穴に本能の緊張したものを突き入れる羽目になったことが罪悪ならば、この罪悪ぐらいとりわけありきたりなものはない。

「どうしていけないんだ？　みんなうろついてみればいいんだよ。ともかく自分の両足の間にくっついているもののどこが特別なんだい？」俺はティパレーリに向かって怒鳴って、背を向けた。愚鈍な聖職者が宗教的心情で混乱していて苦しんでいるような顔がそこにあったからだ。小さい茶色の封筒からの現金を数え始めた。

俺は自分の大事な人生の時間を金で計算するのが好きだ。俺は自分の時間を売って、金を稼ぐのだ。金があるからこそもっと多くの時間を売れるようになる。俺が金を貯めれば同じような境遇のやつの時間を買うことができ、悪魔の王様みたいにして生きることができるだろう。そしてそう考えるのが現在の俺の生き方よりも俺にふさわしいだろうと思う、ただ今の俺の生活だって、俺にふさわしいのは確かだ。なにしろ俺は死にたくはないのだから。

ローズ・アンド・クラウンのパブで今晩ビールをたらふく飲んだ後で、マージとキャスリーンのところに行って、立ち入り禁止の建物で瀕死の象みたいになるんだろう。

現金を数え終わる前に、ティパレーリは俺の肩をたたいたので、俺は「失せやがれ」と言って、やつの顔の方を振り向かなかった。

笛が鳴った。キャスリーンの差し出していた胸は消えた。窓がバタンと閉まった。

「これで今日は終わりだな」誰かが言った。

ミキサーが始動した。シャベルが突き入れられ砂利が投げられた。砂利、砂、砂利。砂利、砂、砂利。セメント。

マーフィーはホッパーの叩かれてへこんだ鋼鉄の部分をハンマーで叩いた。尻ポケットに茶色の封筒がずっしりと当たっているので再び声に出して歌った。「天にましますあの下衆野郎、九シリング十一ペンスで長靴を買い給えだ」マーフィーはハンマーで叩きながら歌った。「さあ、こんちくしょうのシャベル、こんちくしょうのこんちくしょう」

ジョッコがまったく音をたてずに入ってきたので、ホッパーの下の陰の部分に入るまで誰も気がつかなかった。スミレ色の酒の入ったパイント・ボトルを片側のポケットから吊るして、四つん這いになって、ミキサーの円筒容器の下にある砂状の水溜りに向かって進んだ。

「出て行け」マーフィーが言った。ジョッコがみんなに気づかれずにこんなに近くまで来たことに腹を立てて、憎々しげに叫んだ。「出て行け。懲らしめてやる。出て行け」

ミキサーに立てかけてあったシャベルを取り、ジョッコを狙い撃ちにした。布と肉体と骨そして昔は誰かが両腕に抱いてやさしく風呂にいれた尻に刃先があたる鈍い音がした。

「警告したよな、こういうことをまたやると尻をぶっ飛ばすってな。お前のために葬儀屋に行って証言をしたいなんて金輪際思っていないんだぞ」

俺たちは立って、マーフィーがジョッコを水溜りから追い出し、それからホッパーの陰から夕方の陽射しの中に押し出すのを見ていた。誰も何も言わなかった。

ジョッコの窪んだ眼窩《がんか》の眼の表情も、かさぶたの周りに引っ付いている白髪の髭のある顔も苦痛の表情をしていなかった、そう、何も表現していなかった。測量技師がミキサーの混合の強度を測るために使った湿ったコンクリートの入った手押し車に眼をとめると、機械的にその方へ歩いていって、その中に座って、子供が風呂に入っているように液状のコンクリートの中であちこち身体を揺らし始めた。

「おいおい、コンクリートでこいつの尻が固まっても知らないぞ」ゴールウェイはびっくりしたり、笑ったりしながら言った。

「バカなまねをしてないで、手押し車から出ろ」マーフィーは叫んで、首を掴んで持ち上げて出して、タイヤの跡がついている黄色い勾配を押しやった。ジョッコはよろめいたが倒れなかった。濡れた服が背中にこびりついて、ポケットの中のスミレ色のビンは湿ったコンクリートで汚れて曇っていた。

帽子を後ろ前に被ったスライゴーは一番上の足場の手すりに寄りかかっていたが、両手に黒いゴムのホースを持っていた。勢いのいい水の噴射がジョッコの周りに円を作り始め、黄色い砂を黒くしていった。スライゴーは水の噴射口で親指を使って水が土砂降りのように落ちてくるようにした。

ジョッコは水が落ちてくるのを感じると、その冷たさに顔を上げて、それからわざとゆっくりとビニールのコートと色あせたベレー帽を、ボトルがぶら下がっていたポケットと反対のポケットから取り出した。そして再びわざとゆっくりとコートを着、ベレーを被った。ビニールのコートを喉のところまでボタンでとめ、襟を立てた。水の噴射はゆっくりと歩くジョッコを二、三ヤード追っていったが、それから戻ってきた。しかしジョッコは夕陽の中をまるで雨が降っているような姿勢で歩いていった。

白髪頭のグリーンバウムはタイザーのビンをごみの山から探していた。ジョッコが繋がれた柱の塀の隙間からヘッセル・ストリートに通りぬけるのを見ていたが、すぐにまた屈みこんでぶつぶつ文句を言いながらビンを探した。「グリーンバウムはビン代は取らない。するとやつらはどうするね。ビンを投げ捨てる、投げ捨てちゃう。絶対ビンは戻ってこない。グリーンバウムはバカだね」

（清水重夫訳）

車輪　Wheels

灰色のコンクリート、鋼鉄、ガラス。朝の駅にぽとりぽとりと雨の滴《しずく》が落ちる。ポーター が三人、空っぽの台車を押しながら積み上げられた灰色の郵便袋の方へ行く。ゆるんだ車輪ががたごと音を立てる。じっと待ち、眺め、耳を傾けるほかはない。男たちの話が聞こえてくる。

「奴は、いなかに九割がた自分の墓を掘り終えていたんだとさ。そこに栄転だろ」

「ハムサンドとお茶の入った水筒をもって、自転車でアイランドブリッジの先まで釣りに出かけて行き、あげく、川に張り出した枝から首を吊ろうとしたんだが、枝が折れちまって、助けてくれって叫びながら落ちたんだとさ」

「そもそも首吊るつもりで行って、普通におぼれたんじゃあ何にもならねえ」

「へたすると、何とか未遂で捕まっちまうとこだぜ」

「今どきそれはないだろうけど。ゴーマン神経科病院で六ヶ月間の有給安静治療ってところか」

三人は郵便袋を台車に載せ終わり、目の前を通り過ぎていったが、目もとの笑みは失せ、ゆるんだ車輪の音は荷物の重みで静かになっていた。自分自身の人生にあまりにそっくりななぐさみ話ではあったが、帰ってからパブでライトフットに聞かせたら喜ぶだろう。

「まともに考えてみれば、人生なんて冗談みたいなもんだ。しかし気分としては悲劇だな。われわれはからっきし分かっちゃいないんだよ」昨夜、ギネスを何パイントも飲みながら彼は言っていた。

飲み疲れの顔の火照《ほ》り。ベッド脇の水差しも役に立たず、舌はざらざら、口の天井はからから。酒のせいで額のあたりや体じゅうの神経が鈍くずきんずきんと疼《うず》く。これが今回の帰郷の旅の前祝いだ。おまけに、いつものけだるい火照りの中に欲情とくる。むちむちの太腿の間に挟まれた空席はないかと、プラットホームをぼんやり探す。リラックス・サーズ（ロンドン、ハックニー）のスラックスを穿いたこの私が、むっちり熟《う》れきったあなたのところに割り込んで、この世の憂さを忘れさせていただいてもよろしいでしょうか。

列車が入ってきた。食堂車のテーブルに席をとった。向かいには神父と五十がらみの男、帽子にかくれた顔には年輪が刻まれ、青い一張羅《いっちょうら》はよれよれで皺だらけだった。

神父が着ているギャバジン・コートの下の黒いウールの襟巻きに、聖職者用のカラーはほとんど隠れていた。ウェイターが紅茶とトーストをトレイに載せてもってきたとき、神父が沈黙を破った。

「遠方からですか」隣の帽子の男にきいた。

「夜行の船で、ロンドンからさ」

「じゃあ、あちらで働いてらっしゃる」神父はお世辞ながら関心を示して続けた。

「そういうことよ、っしょうめ。二十八年間ずっと、建築現場でな」

男にはカラーが見えなかったし、乱暴な言葉使いが与える衝撃にも気がつかなかった。神父は不安そうに車内を見回していたが、今度はお世辞と言うよりは、社交知らずの人間でもうまく扱えるところを示そうと、こう尋ねた。「建築は大変でしょう」

「どたまを使えばそうでもねえって。じきに、仕事で名を上げたってありがたがる奴ぁ誰もいねえってことが分かるから。俺は下っ端だから」男は話し込む気になり、くつろいでいた。

「で、休暇で帰郷ですか」神父は話題を変えた。

「とんでもねえって。兄貴を埋めに帰《けえ》るのよ」男はもったいぶって言った。

「それはお気の毒に。ご愁傷さまです」神父は言った。

「兄貴だって他の奴らだってホッとしてるよ。何年も役立たずだったから」

神父は立ち上がった。もうこれまでだった。

「ロンドンへ来たら、日曜の朝ならいつでもアーチウェイ酒場に来な。男便所の向かいのパブリック・バー〔パブの一般席〕の方にいるから」と言って、男は手をさし出した。

神父は、そそくさと立ち去ろうとしながら、ありがとうと言った。神父がドアの方に向きを変えたとき、男は聖職者の丸い襟を見た。

「神父だったんだ」男はそれが確信に変わるのを待つかのように呟いた。「どうしてあんたそう言ってくれなかったんだい」

「チャンスがなかったんですよ」

「くそっ、なんてこった」男はすっかりしょげ返った。

「それほど気にしてなかったようですよ。わたしなら心配しないけど」

「でも、神父だろ。どこかできちっとしねえとな。行って謝ってこよう」

「わたしなら心配しませんよ」と言ったが、男はドアの方へ足を引きずるように歩いて行った。

「いいってよ。わかってくれたよ」数分後に戻った男は、告解をした後のほっとした表情を浮かべて、そう伝えた。「うっかりするととんでもねえことをやっちまうからなあ」男は考え込むようにつぶやいた。

列車はシャノン川を過ぎていた。車窓をよぎる野原が次第にゆっくりになってきた。私はスーツケースを手にして、男と握手を交わした。

家につくとドアは開いていた。彼女は玄関先でひざをついて、茶色の敷石をごしごし洗っていた。道路わきのイチイの木の下の鉄製の門を開ける音も、雑草が生えたままの砂利道を踏む音も聞こえたはずだが、私が間近に来るまで手をとめようとも、顔を上げようともしなかった。私の名前を口にしただけであったが、その名前の中に、ようやく涙をこらえた顔に読みとれる、つきつめた感情がすべて込められていた。非難の感情だ。「ローズ」私は彼女の名前を呼んで答えた。

今にも泣き出すだろうと思った。それを待つ間、気まずい沈黙があった。濡れた石に膝をつき、握りしめたブラシは静止していた。

「帰るという手紙は受け取ったよね」

「父さんが受け取ったわ」彼女の顔はこわばった。そこにはすでに堅くなった灰色の顔があり、白髪まじりの頭の下で皮膚がつっぱって骨をおおっていた。

「来てもよかったのかな」

まだ立ち上がろうとも、家に入れというしぐさもしなかった。ブラシを水につけ再び石をこすり始めたとき、私は家の外壁近くにスーツケースをおき、「おやじが帰るまでぶらついてくる」と言った。彼女はそれにも答えず、ブラシをごしごし石にこすりつける音が、家の裏に回るまで聞こえた。

果樹園の一隅に、彼女が飼っているニワトリのために網が張りめぐらされ、野生のイラクサが表面を鋤《す》かれたむき出しの地面から高くはびこっていた。鶏の糞が土地を肥やすと誰かが言っていた。

「落ち着くんだ。他の同胞と同じように。気弱さと暴力への衝動のあわいでうち震え、彼が来るのを待つのだ。人生に時間はたっぷりある。苦しみもいずれ終わる」

石のアーチに桃の木が傾きかかかり、そこにロープも鐘舌もとれた鐘がぶら下がっていた。かつてはそれを鳴らして農場で働く人々に食事の時間を報せたものだ。

「夜学に通って出世をめざせばいいじゃないか」スタッグズヘッド酒場の大理石のテーブルでビールを飲みながらライトフットは言っていた。

「出世はしたくない」

「成り上がりの奴らに年中あれをやれ、これをやれと命令されてるよりは、少し言いたいことを言った方がいいんじゃないのか」

「まあ飲めよ。今じゃ事務所には有線の音楽がかかっている。奴らあまり話もしなくなった」

父がトラクターに乗ってやってきた。牽引した荷車に乳製品の缶をふたつのせ、頭には古いフェルト帽をかぶって。昔のように汗止めバンドが臭いかな、それとも、もうだめになったのかな。荷車から缶を降ろし、家の中に入っていった。私のあてのない旅路のもとを作ったあの躰が。

スーツケースはまだ家の外壁に立てかけたままだった。そこに置いたまま家に入った。窓際のテーブルにひとり分の食卓が用意され、ローズがなべに身をかがめていた。

「父さんが製乳所から戻ったわ。また出ていったけど、すぐ食事に戻ってくるから」

「ありがとう。いいんだよ」

成長するにつれて、私はこういう形式的などうでもいいものの言い方以外ほとんどしていない。客に気を遣って、部屋を出ていきながら後ろ向きにお辞儀をしている給仕のように。

私は新聞を手にとって、幸せな暮らしにスパイスを施し、よりひどいニュースで自分の悩みを軽くしてくれる、日々の不幸に目を通した。ページを繰《く》る音が、張りつめた沈黙の中で料理をする音をかき消した。ようやくローズは釘に掛けた笛をとって、花壇ごしに短く三回吹き鳴らした。

泥のついた長靴で父が音も立てずに入って来て、洗ったばかりの敷石に跡を残した。父は、立っているわたしがまるで目に入らぬかのように、わたしの前を通りすぎてテーブルに向かった。

「ローズ、めしはできてるか」

「すぐですよ、ジム」

父は皿が運ばれてくるまで、ナイフの柄《え》で所在なげにテーブルクロスをたたいてリズムをとっていた。皿にはベーコンエッグとクリームポテト。ポテトのまん中のくぼみに黄色いバターが添えられていた。

「はい、ジム」

「ありがとう、ローズ」

がつがつと吸い込んだり飲み込んだりする音の合間に、ナイフとフォークの音が響きわたったが、父はひとこともしゃべらなかった。

「汽車できたんだ」私は自分から声を発した。そしてその声が静けさの中に愚かしく漂うさまに苦笑せざるをえなかった。父はいかにも慌ただしくたち働く男のように、帽子をとり、木材が積んである方へ出ていった。汗止めバンドは昔のままだった。

父が出ていった後、ローズは私の皿をテーブルに運んだ。「夕食よ」

「おやじはどうして話をしなかったんだろう。家に来てほしくないのかな」食べながら私は静かに尋ねた。

ローズは仔牛にやる餌のバケツのなかで、飼料とスキムミルクを棒でかき混ぜていた。

「どう思う、ローズ」と私は繰り返さなければならなかった。

「わたしが入り込むところじゃないわね。ますます面倒なことになるだけだから」

「わかった。自分で聞くよ」

「どうしてわざわざあの人を怒らせたいの」きびしい口調だった。

「いや、ここにいてほしいのかどうかわからないまま留まるわけにはいかないよ。ここはおやじの家なんだから」

「今日一日うまく過ぎれば、おさまって、あしたは何ごともなかったようになるのよ」ローズは心配そうに言ったが、私には憎しみが感じられた。失望と苦しみは年を重ねるとともに強まったが、彼女は今ではそれをうまくつつみ隠せるようになった。

この家に来た当時は自信に満ちて、「グラフトン通り、ワーナー写真館」とある古い結婚式の色あせた写真を引っこめ、紙吹雪の舞う自分の結婚式の白黒写真におき換えてしまった。白いロングドレスではなく、飾り気のないブルーの衣装に銀の靴という彼女の結婚衣装。白を着るには年がいきすぎていたのだ。

期待に反して、子どもを産むにも年をとりすぎていたので、私たちの初聖体と堅信式の小さな写真は他のものにおき換えられることもなく、サイドボードの上に飾られていたが、末っ子が家を出て夫婦ふたりになったときに、それも消えた。

そろそろ子どもも産めなくなる年齢が近づく頃、生理になるたびに彼女が半狂乱になるのをみんな覚えていた。

「おい、子どもたちに聞こえるのがわからないのか。俺は疲れているんだから寝かせてくれ」

「あんた墓場まで子どもといっしょに行ったらよかったのよ」

殴る音が聞こえ、彼女は畑に逃げ、木の幹の間に隠れた。やがて冷えてくると家に入り、暖炉の火をかき戻し、朝まで身じろぎせずに椅子に座っているのであった。夫が来てくれるのを期待していたのだろうが、来ることはなかった。父は男であることそのものへぶつけられた侮辱に腹を立てていた。それはおのれの老いのつらさに直接響くだけによけいに苦しかったのだ。翌日、畝《うね》の両脇の木にわたしたひもにシーツが干されるなか、父はジャガイモを掘り、洗濯板の上でローズが何時間もごしごし洗ったシーツに泥を跳ね返していた。

月日がたち、ふたりきりになった今、父はローズにとって子どもでありすべてであった。

私には彼女の心配も憎しみも理解できた。しかし、日も暮れてきたし、ここに留まりたいとは思わなかった。

家の周りの尖った危険なガラス片を埋め込むために自分で作った、今では用をなさないコンクリートの台の脇で、父は短く切ったブナを割っていた。コンクリートの台に足をかけてブナを安定させ、材木にくさびをたたき込んでいた。私は材木が割れてくさびがゆるんで落ちるまで待った。

「話があるんだ」

次のブナの木をおくために振り向いたときに、私は言った。「返事をしてくれないなら、俺は帰るだけだよ」

「見りゃあわかるだろう、俺はアメリカにいるわけじゃないんだ」急にむこうを向いた。

「俺が来てからなぜひとことも話さないのかわからない」

「冗談言うな。なぜだかわからないとでも言うのか」

「ああ、わからないよ。わかっていたら聞いたりしない」

「じゃあ、春によこした手紙のことも知らないと言うのか」まる一日たまった怒りが爆発したというような声で、父は私を責めた。「人生も終わるって頃にひどい目に遭うってわけだ」

足もとに割れて転がった白いブナの薪や、なたをつかむ老人の手の甲にもり上がった血管を目にすると、つい同情してほろりとさせる。そこには人をむりやり感情へと引き込む力があった。父は袖口で涙をぬぐった。

「俺が頼んだ、たったひとつの大事なことを、おまえは考えようともしなかった」父は非難するように言った。

「それはちがうよ。ダブリンに引っ越したいという手紙を受け取ってから競売所に行って、リストも送ったし、物件も見てきたじゃないか」

「家を見つけて引っ越してきても、そこにいっしょに住むつもりはないと言っただろう」

「俺はひとりで暮らしたいんだ。勘違いして出てきてほしくなかったんだ」

「俺は幻想なんかもってなかった。おまえはそうさせないようにしてきたじゃないか」父はきびしく言った。「身勝手を言うだけではなかろうと思った俺がばかだったということだ」

私は人の世の回転ということを知った。父親は息子の子どもとなり、息子は子どものころ受けた世話のお返しをする。そして死が近づくと父親は再び幼児へともどる。だが、ひとつの死と再婚という幸運が、この回転の儀式が最後にとぎれることから私を救ってくれたのだ。

「おやじは結婚しているじゃないか」私は言った。けりをつけるつもりだった。

「ああ、している」後悔に近い苦々しさをこめて父は言った。「それとどういう関係があるんだ」

「あのひとはおやじがここを出ていくのをどう思ってるんだ」

「俺がダブリンへ行ったら、ここにひとりで残るなんてことはないだろう」父はこの質問に腹を立てていた。

「おやじの人生だし、あのひとの人生だ。俺がそこに入っていったら、じゃまになるだけだ。結局は、みんなにとって面倒なことになる」

　私は自分自身の声に計算された偽りのひびきを聞き取ることができた。どのみち自分がやりたことをインチキな理屈でもっともらしく聞こえるようにしているのだ。

「俺はこのぬかるみから何とかして抜け出したいんだ」父は声の調子を変えた。

「ここは静かだし、きれいなところじゃないか」同じうつろさがひびく。私は逃げていた。音楽が心を静めるように、ことばでおのれの良心をなだめすかしていたのだ。

「墓場みたいな静けさだ」父は続けた。「この美しさを毎日見つめていると、ヘドをひっかけられたよりも胸くそ悪くなってくる。警察署も閉鎖され、パトカーに代わった。ときどき子どもがラッフルくじの券を売りにやってくるが、それだけだ。なのに葬式ばかりやたらに多い。忙しすぎて、先月マグリーヴィのかみさんの棺桶はパン屋の運搬用自動車の屋根にロープでくくられて出てきた。人があのかみさんのことを話すのを聞いてると、だれも死後の世界など信じちゃいないってことの証明になる。証明が必要というならな。地獄に行ったにしろ天国に行ったにしろ、へんてこなその中間にいるにしろ、あのかみさんの声を二度ときくことはないってことは確かだ。俺はどうあってもここから出ていく」父は熱をこめて言った。

沈黙がおとずれたが、話した後なので気は楽だった。それから父が訊いた。「今度は長いのか」

「よかったら明日までいる」

「それが俺たちにがまんできる限界ってことなんだな」

「そういうわけじゃない。仕事があるんだ」

私は父が道具をまとめるのを手伝った。

「ローズがおまえが使っていた部屋を用意するだろう。日が暮れないうちに片づける仕事がまだある」

「あなたの元の部屋に鞄を置いといたわ。ベッドも風にあてたし」私が入っていくと、ローズは言った。

「もう話はすんだけれど、ぼくは明日帰らなきゃならない。仕事に戻らなきゃならない」

「今度はもっと長くいてよ」嘘の中では気が楽だった。それがふたりに余裕を与える。

「ありがとう、そうするよ」

静かに日暮れとなり、最後の仕事を急ぐ。鶏小屋の錠をおろす前に、止まり木にいた鶏を移す。家には灯がともった。「これでまた一日が終わった」父はそう言って、靴をぬぎソックスをぬいだ。ぬいだソックスを床の上の靴にかけると、足の臭いと汗の臭いがつんときた。

「ローズ、きょうはうおのめが一日中痛くてつらかった。かみそりで削ってもらえないか」

「最初、少し水に浸しておいた方がいいわ」とローズは答える。

椅子の傍らの床に湯気のたった洗面器をおき、デトール〔消毒薬〕を入れると湯が黄色に染まった。彼女は灯りを近づけた。

大きな年老いた子どもの父は、そこに座り、足を湯につけながら、子どもがするように文句を言った。「やけどしそうだ、ローズ」ローズは笑い返し、「いいからお湯につけるのよ、怖がらないで」と言った。彼女が床に膝をつくと白髪が低く垂れた。そして灯りに照らされた湯にぽたぽた水を垂らしている足を彼女は拭った。ローズがぴかぴかのかみそりを開けたとき、私は気づかれぬままその場を離れることができた。

線路のむこうの丘の斜面では牛や茶毛の馬や羊が草を食《は》んでいた。白い雲から太陽がのぞいては隠れし、その度にプラットホームの砂利が白く輝いては翳った。

「わたしが言わない限り列車がお客さんを乗せずに出発することはありませんから」出札窓口を開けろとせっついている心配性の乗客に向かって、一人しかいない駅員がこう言いながら、荷物車両がとまるあたりの砂利の上に箱を積み上げていた。窓口をあけて切符を売ってもまだ時間はあり、姿勢を変えるたびに足が砂利をこする音が頻繁になっていった。

二日酔いも、リラックス・サーズの中の欲情もなかったが、帰郷した理由におとらずダブリンへ戻る理由も十分あった。事情次第では、その朝、二日酔いで欲情も催すという仕儀になっていたかもしれないが、それでも今と同じようにダブリンへ戻る理由は十分あっただろう。駅の近くのバーでライトフットに会うことになっていた。そして「どうだった」という問いに、ことの次第を語ることになるだろう。物語の形をとった人生の反復、それは止まる理由もあるが続く理由もあるのだ。

私は車両の中を歩いていった。顔見知りは誰もいなかった。列車の窓を、石垣に囲まれた畑、キャリックの町の青い屋根、シャノン川がすぎてゆく。その景色をたたえて「初聖体の日」を歌う。「シャノンは流れ、四つ葉のシャムロック映《は》ゆる。青いスーツに銀のメダル、おろしたての靴に白い靴下」川は下流になるにつれて濁ってくる。空も上にいくほど明るい。雨のない夏に湧水を求めてモランの泉にでかけたときの、ガマの茂みの中を進む舟のさざめき。水セリの冷たさ、サンザシの生け垣からゆれ落ちる野イチゴの苦み。舟底にたくさん浮いている黒いガマの穂つぶ。ゆったりと回転する車輪の鮮やかな部分部分を私たちは見ている。すべてがそれを目指して準備されていながら、けっして姿を見せることのない、あの豊かな車輪全体が現れるのを今か今かと待ちこがれながら。

（奥原宇訳）

われわれの存在理由

Why We're Here

競売から帰るとすぐギレスピーは、マッカラー社の中古のチェーン・ソーを試そうと、家の外壁に積んである吹き倒れの枝を何本か薪用に短く切った。チェーン・ソーは申し分なく動いた。

「さて、証拠を消すか。おれの見当違いでなけりゃ、やつはもうすぐにおいを嗅ぎつけてやってくるだろうから」試し終わると、彼は牧羊犬に向かって言った。そしてチェーン・ソーと薪を納屋に運び、白いのこくずを靴で草のなかへ蹴散らした。それから放屁した。「夕暮れへの大いなる放出か。やれやれ」とため息をついて、競売からの帰りヘンリーのパブで飲んだ黒ビールの発酵したいい香りが鼻に立ちのぼってくるのを待った。そして、積みあげた枝のあたりの地面にもう一度目をやった。「目につくような証拠はほとんどないな。あとはやっこさんがやって来るのを待つだけだ」

ギレスピーが門のところで待っていると、ボウルズが現れた。牛追いのステッキのこつこつというゆっくりした音が、スリッパを履いた老人の足を引きずる音とリズムを刻んでいた。キャリック側から一台の車が近づいてくると、ボウルズは自分の犬に鋭く「つけ」を命じた。近づいてくると、顔には湿疹に塗った軟膏が光っていた。

「健康のためのお散歩ですかい、ボウルズさん」

「寝る前のいつものやつさ」ボウルズは笑った。

二匹の犬は茶色のイチイの実をかき散らし、互いに相手の尻をくんくんやりながらぐるぐる回り始めていた。ふたりは門の方へ傾いてのびているイチイの木陰に立っていた。

「はち切れそうですな、ボウルズさん。こんな元気な犬を連れて歩けるんですからなあ」

「時計の針を戻すことはできんよ。古時計は遅れるものさ」

「そんな風に考えちゃいけませんよ。あたしに言わせりゃ、あんたはまだまだビーチャー飛越〔リバプールの大障害競馬レースのジャンプの名称〕を十回やってもおかしくない」

ふたりは、二匹の犬がお互いの背に乗ろうとして、枯れたイチイの実の上をぐるぐる回るのを見ていた。二匹の犬のペニスはどちらも勃起しピンク色の肉が露出していた。遠くのロバのいななきが夕暮れを大きな満足で満たした。

「どうだい、近ごろ」ボウルズは尋ねた。

「相変わらずぶらぶらしてます。そうそう、競売に行ってきましてね」

「何かいいものがあったかい」

「いいや、がらくたばかり。例のファーガソンのトラクターが百ポンドで売れましたがね。わざわざベッドから起き出して出かけるまでもありませんがね」

「中古品にまともなものはない。危ないよ、保証がないんだから」ボウルズはそう言って、話題を変えて尋ねた。「一時間ほど前に、こっちの方でエンジンの音が聞こえたような気がするんだが」

「いいや、知りませんなあ」

「たしかに一時間前に果樹園と家の間でエンジンの音が聞こえたんだ」

「このごろは、国中エンジンだらけだから、ボウルズさん。どこから聞こえたかわかりませんよ」

「おかしいな」ボウルズは満足できなかったが、もう一度話題を変えて尋ねた。「最近シンクレアの噂を何か聞いたかい」

「クローク・パーク球技場に向かう連中が、あいつがからっぽの買い物袋を持ってエイミアンズ・ストリート駅のところにいたのを見たらしいですよ。連中の話では、シンクレアは震えていたみたいだ。そろそろ頭がいかれてしまうんじゃないですか」

「これまでも健康そうには見えなかったがね」

「この地方の人間の無知と退屈さは、驚くべきものです。ただただ驚くべきものです」ボウルズは静かに英国風なしゃべり方をまねた。「これが、門のところであいつがピーターに聴かせる演説なんだ。変わったやつだよ」

「ちょっとばかし気がふれている、それだけのことです。あたしがやつの流儀をよく知るようになったのは、ここをあいつから買って、やつが引っ越すのを待っていた夏のことでしてね。あたしがりんごの木の間の下草を鎌で刈りながら家の方に近づくと、出てきて際限なくしゃべり続けるんですよ。無知だ、退屈だとか、てめえの無知や退屈は棚に上げて、行儀作法が悪いだ、雨がどうのこうのと。知識人同士として言わせていただければなどとぬかして、あげくに、おお、世界は永遠に続く、アーメン、主よわれらを救いたまえ、てな調子でね。あの男あたしに大鎌の刃の立て方まで教えようとしたんですぜ」

「やつとは十五年のつきあいなんだ」

「あたしに言わせりゃ、十五年の無駄ですな」

「そんなこともないが、ただ変わった人間だった。憂鬱症だったんだ」

「だが、バレンシアの電信会社から年金をもらっていたんじゃないんですかい」

「いや、あいつが困っていたのは金じゃない」

「ボウルズさん、われわれが存在している理由などないのです。なぜわれわれは生まれたのでしょう。われわれは何を知っているというのでしょう。何も知らないのです、ボウルズさん。全く何も知らない。尻を掻いて、無知に磨きをかけているのです。われわれが何も知らないことの本質をとらえようとしてごらんなさい」ボウルズはまた口まねをして言った。

「それがあいつのやり方なんです、間違いありません、野生の本性なんです。やつの女房のあつかい方は、他人には関係ないことですがね」

「バレンシアでやつはあの女房に出会った。郵便局の娘でね。おれは覚えているんだが、やつは農園で薪を切っていた。切り終えると笛を吹くんだ。女房は、笛が聞こえるとすぐに紐を持って走ってやってくる。なかなかの見ものだったよ、あの女が薪をかついで牧草地をよろけながらやってきて、亭主はその後からぶらぶらついてくる。のこをクラブに見たててヒナギクを打っては、フォア〔ゴルフで打球方向にいる人への警告〕なんて叫んだりしてね」

「かわいそうな女だよ。周りの連中があいつにフォアと言ってからかっているのをおれは知っていた。それに、プラスフォアズ〔スポーツ用のゆるいニッカーズボン〕をはいているあいつのでかさといったら。あいつはアイルランドにじっとしてりゃよかったのさ」

「私は、エドワード通りのパブ、プリンス・オブ・ウェールズのビリヤード台の緑を見る

ために帰国したいという最後の野心を抱くにいたったのです。その台はどこかにやられてしまったかもしれないのですが。若さが浪費されたしるしなのです、ビリヤードがうまいというのは」ボウルズが口まねをした。

「果樹園でも同じでしたな。変わり者のじいさんだった。女たちについてのルターの考えをしゃべるんです。ベッドと流し台で役に立つという話とか。女にまともな話をするのは、豚にまともな話をするようなものです。蠟燭というのはすべて、女性器《カント》の高き祭壇のまえで燃えるようにできているのです。いいことをお教えしましょう。信仰の高まりが私を改宗させたわけではありません。私は男根によって、あなた方の神聖なローマ・カトリック使徒教会に引きずり込まれたのです。あの男がそう言ったときの様子は簡単には忘れられませんな」

「やつは時々、妙に混ざった言葉遣いをしていたなあ」ボウルズが言った。

「さんざんたわごとを言ったあげく、結局はエイミアンズ・ストリート駅の前でからっぽの買い物袋を持ってうろつくってことになったわけですな」

「いい教訓だね。だが、おれはやつが好きだったよ。ところで、夕暮れのうるわしきりんごの香りだな」

「地面に落ちて腐っているんです。集めても金にはならない。いくらかブレフニ・ブロッサムへ持っていくのは別ですがね。連中は傷なんか気にしませんからね」

「草のなかで腐っていくよりはいいさ」

通り過ぎる車はもうヘッドライトをつけていた。石の歩道のある畑のむこうの、一マイルほど離れたところで、九時二十分のディーゼル車が窓に灯りをともしてがたごとと通り過ぎた。

「スライゴー行きの列車だ」

「からっぽの」

「そろそろみなさんお休みの時間だしな……」

「急ぐことはありませんよ。最後にはじゅうぶん長く眠れるんですから。湿疹の具合はいかがです」

「材木の近くへ行かないから、治まってるよ。こいつはブヨよけにつけているんだ」ボウルズは指でほっぺたをさっと撫でた。

「すべて順調だったら、ありがたいものは何もないってことになりますからな」

「それにしても、たしかに今日このあたりでチェーン・ソーの音が聞こえたんだが」ボウルズは道のほうを向きながら言った。

「どこか別のところから聞こえたに違いありませんよ」ギレスピーは否定した。「風が音に与える影響はけっこうなものですからね」

「今日は風なんかそよとも吹いてないじゃないか」

「ほんの少しの風でも、驚くほど違いますよ。海でおしっこをしたあの女が言ったでしょう」ギレスピーはさえぎるように笑った。

「たしかに聞こえたんだがなあ。でも、そろそろ帰らなきゃ」こう言って、ボウルズは自分の犬を呼んだ。

「あんたを引き止めようったって無駄でしょうな。まだ夜は早いけどね」

「じゃ、おやすみ」

「おやすみなさい、ボウルズさん」

スリッパを履いた足を引きずり、牛追いの杖でこつこつ軽い音でリズムをとりながらボウルズが去っていくのを、ギレスピーは見ていた。ボイル側からの道路に車のヘッドライトがあふれるのを見て、ボウルズは犬に「つけ」を命じた。

「あれでやつにも頭を使うネタができたってことよ」こうつぶやいてギレスピーは犬を呼び、家のほうへ歩いていった。


（新名桂子訳）

ワインの息

The Wine Breath

死ぬことがあったら、朝や夕方の時間を一番恋しく思うだろう。夕方遅く、湖の横の狭い泥道を歩きながらそう彼は思った。そして頭が弱っているんじゃないか、とあやしんだ。だって、そんな馬鹿なことを考えつく人がいったいどこにいるんだろう。人間なんだから、選択の余地はないのだ。いずれは死ぬ運命なのだ。死んだら、恋しく思うなんてことはない。無の存在になるんだから。それは、神父としてこれまでの人生でやってきたことすべてに反することだった。

でも、確実な世界が彼のまわりにはいっぱいあった。湖、道、夕方があった。彼はギレスピーのところに行こうとしていた。ギレスピーは木材をチェーン・ソーで切っていた。いつもチェーン・ソーを使っていた。二行程エンジンがたてる大きくなったり小さくなったりする轟音は、夕暮れを切り裂いていた。黒い門のところに着くと、そこにギレスピーの姿があった。つなぎ服を着たギレスピーの姿が、ハンノキの短い並木道のなかにおさまって見えた。ギレスピーはハンノキではなくブナを切っていた。ブナは家の前にトラクター四、五台分も置かれていた。神父が一番手前のハンノキに留めてある黒い門に手を置いた途端に、並木道に降りそそぐ光のシャワーに目を奪われた。光が、ブナを押さえつけている長靴にあたっていた。光が、刃をゆっくり上下に動かしてブナを切っている腕とチェーンから出てくる白い木くずにあたっていた。

チェーン・ソーの音をかき消そうと門をガタガタ派手に鳴らそうとしたとき、ふと彼は（まるで夢の中にいるように）信じ難いほど甘美な光に包まれていると感じた。それは雪を照らす夕方の光だった。手を置いていた門は消えうせ、ハンノキも、ギレスピーの巨漢も、チェーン・ソーの音も消えていた。彼の意識は別の日に移動していた。それは三十年近くも前の過去のある日、マイケル・ブルーエンの葬式の日だった。すべては音もなく静止していた。ゆっくり歩く人々の雪を踏みしだく足音。前方の丘のふもとでは、前の方で、棺《ひつぎ》が人々の肩に担《かつ》がれてゆっくり前に進んでいった。茶色のニスと装飾の金具はきらめく雪の中ではさえなかったが、一面にひろがる二、三メートルも積もった雪原を棺は進んでいった。棺の後をついていく会葬者の長く黒い列が、雪のなかに掘られた道にそって、オークポート・ウッドの方まで続いていた。はるか上のキリーラン・ヒルでは、墓地の常緑樹が雪から頭を出していた。墓地の塀は雪でおおわれ、丘の側面に掘られた狭い道は、厚い雪におおわれた墓地の小さな門のところで終わっていた。門に着くことはけっしてないのではないかと思われるほど、棺は苦しいほどにゆっくりと丘を登っていき、幾度も担ぎ手を交代させるために止まった。誰かひとりが祈りを唱え始めると、一マイルもの列をなす会葬者たちがそれに唱和した。会葬者たちは、棺の後ろについて、雪の中に掘った狭いトンネルを足をひきずるようにして歩いていた。

マイケル・ブルーエンを埋葬したのは一九四七年の二月だった。それ以前も以後も、彼はあんなに畏怖の念をもって秘跡を体験したことはなかった。いまは、門のところに立っていても、畏怖も恐怖も感じなかった。ただ、棺が丘の黒い木々のほうに向けてゆっくり進んでいき、会葬者が長い列をつくり、雪に半分埋もれたサンザシの木立のなか、キリーランをこえたところ、グローリア沼沢の雪原のうえ、イアラン山の山腹など、いたるところに目をくらませる白い光があった。

彼は、どのくらいの間その過ぎた日のなかに、その白い光のなかに立っていたか分からなかった。たぶん、一瞬にすぎなかったのだろう。その緊張にそれ以上長くは耐えられなかったのだ。我に返った時、ハンノキの灰色の光がまた見えてきた。手は前と同じように門の横木のうえに置かれていた。ギレスピーは木挽《こびき》台のうえに身をかがめて、まだチェーン・ソーを使っていた。長靴をはいた足をブナの木のうえにのせて、大きくなったり小さくなったりする轟音の世界に完全に包まれていた。神父は、眠りから突然揺り起こされた時のように自分が無防備だと感じ、日常の時間の中で、身を守るものが何もない状態で寝入っていたところを目撃されたかのように動揺し、いくぶん恥じ入った。

彼は再び門をガタガタ揺すろうとした。自分がつまらぬ用事で大騒ぎをしている子供か年寄りの使い古されたパロディでも演じている気分がした。ようやくリージョナル病院でベッドの空きができたので、ギレスピーの奥さんの痔の手術ができるようになったと伝えに来たのである。その時、また光の具合に目を奪われた。十月半ばを過ぎたころで、小さな白い雲が太陽のまわりに漂い、雨もよいの光がハンノキの並木を照らしだし、ギレスピーのまわりに数インチの厚さでつもっているブナの木くずにあたっていた。それは雪を照らしていた光と同じ白い光だった。見つめていると、ブナの木くずの光は消えギレスピーが仕事をしているまわりはまた灰色になった。実に単純なことであった。雪を連想させるものがあると、彼の意識はマイケル・ブルーエンの葬式の日に戻っていくのだ。記憶のなかではその日起こったことのすべてが純粋で完璧だったので、疲労感はことごとく洗い流され、一瞬、人生をやり直したい気持ちになるのだ。

門の所にいるのをギレスピーに気づかれなかったのを確かめると、彼は背を向けた。べッドはまだ一週間空かないだろう。知らせが一日かそこら遅くなっても問題はないだろう。彼は、門から離れる前に、木挽台のまわりの白く鈍い色の地面にそっと眼をやった。一番やっかいな問題はいつだって自分のすぐ近く、足もとにあるものだ。

母親が死んでからというもの、彼は、死者たちとの日々のなかに自分が入り込んでいくのが分かった。一度、庭の踏み潰されたミントがきっかけで、海辺で母親と過ごした日のことを鮮明に思い出したことがあった。あまりに鮮明だったので、突然、時間のなかを転げ落ちて過去に戻ったように感じて、恐かった。死者の世界が、生きている者の世界と同じように、いつでも自分の世界に入ってくるようだった。母親こそが彼の日々を動かす主ゼンマイだったことに気づくのは屈辱的だった。主ゼンマイが壊れたので、長針も短針も力なくあちこちで止まっていった。今日、ブナの木くずに突然光があたっていた。自分ひとりでなかったら、そしてギレスピーがチェーン・ソーにあれほど没頭していなかったら、光の存在に気づきはしなかっただろう。以前にも、そんな単純なきっかけがあったに違いない。ただ、あまりに恥じ入り当惑して気づかなかっただけなのだ。

こっそりと、足早に湖の横の泥道を進んで行き、本道に出た。左手には老木に囲まれた教会があり、その後ろに彼の住居があった。広い本道に出て安心したので、ブナの木くずのことに気持ちが戻っていった。ギレスピーの巨漢のまわりに木くずが見えた。それよりも淡い色に見えるのは、雪のなかを棺について行った会葬者たちの列だった。その光景はその中に自分が入っていないのだから、それを信じるか信じないかということになる。彼は、わけもなくイライラし、歩きながら道路沿いの垣根の木々を数え始めた。トネリコ、グリーン・オーク、ホワイト・ホーン、トネリコ。鈍い湿った光のなか、生垣の向こうには、セイヨウミザクラの葉が鮮やかな黄色をしていて、人気《ひとけ》のない十月の原っぱがあった。だから、これは現実の一日における唯一関心の的となるもので、人間が救いを得られるかどうかが決まる基となるものだった。今日というこの日が確実で不可解でありながら生身の人間の弱さを否定していた。永遠なものはといえば、この日が退屈でありながら永遠に続くということ以外にはなかった。彼の心のなかで白いブナの光に明るく照らしだされた日は、少年の頃激しく雪が降るなかで参列した葬式の日にすぎなかったが、その日は永遠のなかに揺曳《ようえい》しているかに見えた。神の世界だと教えられ、言われてきた世界のように見えたのだ。

不満な気持ちを抱えて、そして、ギレスピーの家に向かっていたときと同じ疲労感を覚えて、彼は、光輪のある十字架がついている教会の門を通ることも、鐘を鳴らすロープの下の方にいる寺男に声をかけることもしなかった。確実にひとりになれるようにと、横の道を通っていった。高い月桂樹の垣根があって、その道は墓地や教会の陰になっていた。

家に入ると、明かりをつけないままコーヒーを入れた。牛が出産したり死ぬときには必ず、野原の一隅の清潔な場所を探すものだ。

マイケル・ブルーエンは体が大きい、とても感じのいい人物、いわゆる好人物だった。白髪でぼさぼさの髪をしていた。ダブダブのツィードを着て、赤い牛飼いブーツをはいていた。若い頃はダブリンで警察官をしていた。お金を自分で稼いだとか、遺産が入ったとかで、故郷に戻ってきて、大きなクロスナ農場を買って、結婚し、金持ちになったということだった。

マイケルは大家族だった。農場ではたくさん人を雇っていた。中庭と赤い屋根の大きな作業場は仕事の音でにぎやかだった。缶類、機械類、ひやかしの言葉、ひづめが滑る音、口笛。中庭から離れた母屋《おもや》のなかには、とても大きなキッチンがあった。その真ん中には長いテーブルがおいてあって、端には炉があった。壁には皿やポットや戸棚がありガーゼに包まれた大きなベーコンの塊が天井からぶらさがっていた。部屋全体が女たちの興奮と活気であふれていた。

神父は少年時代によく、父親に頼まれてマイケル・ブルーエンのところに使いにいった。家畜を小屋に入れた後で、あるいは荷物を降ろした後で、マイケルは彼をキッチンに連れていった。薪の大きな炎が、霜のために一層明るく輝いた。

「こいつに何かやってくれ」マイケルはそのために少年を連れていったのだ。「何か腹にたまるものを、あったまって生き返るものがいい」

「お茶でいいよ」と少年は習いどおり答えた。

「馬鹿言ってんじゃあない。こいつの言うことなんか聞いちゃいけない。空《すき》っ腹では保《も》たないぞ」

マイケルの娘のなかで一番可愛いアイリーンは笑いながら鍋を降ろした。アイリーンの腕は肘のところまで小麦粉の細かい粉で真っ白だった。

「こいつが結婚のことを考えなけりゃならなくなった時には、ここに来るのがいいってことを思い出すさ」マイケルの言葉でみんな大はしゃぎになった。

マイケルが父親のことをあれこれ尋ねたが、それに気持ちを集中するのは大変だった。炒《いた》め物があまりに美味《おい》しそうな匂いを出していたのだ。湯気をたてている紅茶が少年の横におかれた。皿にのっている焼き立てのパンのうえで、バターがとけていた。ソーセージ、レバー、ベーコン、ブラックプディング、おいしいグリスキーンがのっていた。

「さあ、食べな。空っ腹のままブルーエンの家を出るのはだめだ」とマイケルは笑って言った。

マイケルは、少年が帰る時に門の所まで一緒についていった。「お父さんに言っておきな。ロイヤルで一緒に飲んでからもう随分になる。次の市《いち》の日にロイヤルで俺に声をかけないなら、こっちから出向いて行って、耳をくいちぎるぞ、ってな」中庭のランプの薄明かりのなかマイケルが手を振ったのが、生きている姿を見た最後の機会だった。雪がまだ降りやまないうちに、年寄りたちが、同じくらいの積雪があったのが何時《いつ》だったか思い出しながら、「プランケット伯爵が選挙で勝った時の大雪だ」と言おうとした時には、マイケル・ブルーエンはもう死んでいた。そしてマイケルの人生は次の大雪の記念標となったのだ。

雪が道路に二メートルの高さに積もっていた。牛や羊が原っぱの四、五メートルもある吹きだまりで死んでいた。羊も牛も失わなかった者たちは皆とても上機嫌だった。彼らの不幸は、一時的にではあるが、他人の幸福への妬《ねた》みと一緒にこのやっかいな大雪の中に隠されることになった。本道まで通路をつくるのに何日もかかった。数ブロック分、凍った雪の表面を胸の高さまで掘らなければならなかった。男たちが掘り進み、本道の方向から掘ってきた連中とぶつかったとき、熱狂的な歓声があがった。最初の荷馬車であるドハティーのパン配達の馬車が来たとき、もう一度歓声があがった。その歓声がやむかやまぬうちに葬式馬車がマイケル・ブルーエンの棺を運んで来た。その夜、人々はキリーラン・ヒルの横腹に通路をつくり、墓地の門を入ってすぐのところにある大きなイチイの木の横のブルーエン家の墓石を見つけ、墓所を開けた。あくる日、棺が移動し始めたことを知らせる最初の葬儀の鐘が雪原からはっきり聞こえてきたときにも、まだ、掘り終えてはいなかった。

神父は何年もの間、葬式の日のこともマイケル・ブルーエンのことも考えたことがなかった。しかし突然ブナの木くずにあたった光がなんの前触れもなくその日に入り込んできた。はっきりした前兆があったわけではない。時々、とくに近頃では、自分が過去の日々の中に入り込んでしまったと思うときには、現在とは、過去の上に積み重なった薄片のように思えることがある。時々、彼は、自分が子どもたちに助けられて浜辺まで連れて行ってもらう老人のように思えた。子どもたちは、老人につまずきそうになる石ころに気をつけるように言いながら、笑いたい気持ちをこらえる。今度は道にある石ころのことなどすっかり忘れて、老人が立ち止まって海をみていると、子どもたちは顔をあげて道行く人にすみませんと微笑む。「こっちだよ」という言葉が聞こえ、彼は空想のなかで袖を引かれ、曲がりくねった日常へとまたつれ戻された。永遠の海から引き離されて、キリーラン・ヒルの凍った雪の過去の光から引き戻される。

それまでブナの木くずに気づいたことはなかった。長い間手からすりぬけていたものを、驚くほど単純に摑む喜びがあった。しかし、身につけた知識といっても、それが活用され、大きな知識の一部にならない限り、知識とは言えない。ブナの木くずがもたらしてくれたのは、自分自身の死へと振り向かせることでしかなかった。

突然の降雪やマイケル・ブルーエンの葬式が何の変哲もないのと同様、彼の人生は、本人にとって以外は、他の者の人生と何ら変わらなかった。ただ、人生の奇妙なヴィジョンの中でだけは、彼にとって自分の人生は、死者たちの失われた人生の姿をしていた。人生が快適でバランスがとれている時には、彼はそういう人生のヴィジョンをもつことはなかった。

田舎での子ども時代。母親と父親。誕生と死についてのショッキングな知識の獲得。死を克服し、誕生を回避する手段として神父になりたいと思ったこと。さっさと神父になろう、と彼は思った。人生には、多くを期待できるわけではない。多くの人々にはそれぞれ人生がある。だからあまり選択の余地はないのだ。父親と母親が結婚したのは年をとってからのことだった。彼は「恥かきっ子」だった。侮蔑的にそう言われるのを耳にした。母親は縫子だった。彼はまだ、母親の逞しい手のなかできらめいている針を思い浮かべることができる。膨大な時間が蓄積されたあの針のきらめきを。

「彼の母親は息子を育てるのが天職だったんだ」多分そうなのだろう。多分アイルランド中のすべての母親がそうなのだろう。この言葉は受福と嘲りの両方の形をとって、アイルランドの人々の言葉に伝わってきたのだ。しかし、彼が神父になったのは死の恐怖が原因だった。その恐怖は時がたつうちに、生きることへの恐怖に変わっていった。この恐怖のなかで母親に戻っていくのは自然ではなかったのだろうか。母親は恐怖が生まれる以前から存在していて、彼に命をあたえた。命に終わりがあると知っているなら、なぜ命をあたえようとしたんだろう。そして、父親が死に、息子はその死を受けいれた。それまで、よいことを信じないで、人生のすべての不運を定めとして受けいれてきたのと同じように。

　父親の死後、母親は土地を「馬」ことマクラフリンに売った。やがてマクラフリンと一緒に暮らすようになり、幸せだった。母親はミサと祈禱には毎回出席し、使信を受け取り、縫物をした。縫物をする必要はもうなかったのだが、祭壇用のリネン、スータンやサープリスなどの神父の服、息子のシャツ、自分の服を全部縫った。時々、母親の気遣いが煩《わずら》わしくて、息子が怒ることもあったが、その気持ちを表に出すことはまずなかった。息子は神父としての仕事で忙しかった。過去と未来の境目もはっきりしていた息子は世間で言うところの「幸せ」だったに違いない。自覚しないまま、人生のひとつひとつが母親に対して表現されるようになっていた。

　彼がそれを自覚したのは、母親が死への過程を辿り始めた時だった。ある夏の夜帰宅すると、家中の明かりがついていた。母親は居間にいて、いつもの椅子に座っていた。テーブルには服がうず高く積まれていた。椅子のまわりにはボロキレが積まれていた。彼が入って行ったとき、母親は目をあげずに、まだ逞しさを保っている手で、一年前に作ったばかりの矢筈《やはず》模様のスカートを引き裂いていた。

「お母さん、一体何をしてるの」彼は母親の手をつかまえたが、母親は答えなかった。

「ミサの時間でしょ」と母親は言った。

「服をどうするの」

「どの服?」

「お母さんが裂いた服だよ」

「服って、何のこと」その時、彼はこれはおかしいと気づいた。寝室に連れて行ったとき、母親は全く抵抗しなかった。

何日かの間、母親は放心し混乱していたが、注意深く観察しても、それ以外は以前とほとんど変わらなかった。病気にはみえなかった。また別の日帰宅すると、母親が大量のボロキレに囲まれて、部屋の真ん中で子供のように立っていた。前に中断したところから矢筈模様のスカートを裂き始め、これまでに作った全部の服を裂いていった。最初のショックから覚めた後、医者を呼びにやった。

「老衰の始まりですね」と医者は言った。

「元には戻りませんか」

医者はダメだと首をふった。「こういった暴力的なかたちを取るのは稀なケースですが、お母さんはそれです。介護が必要です」自分の人生の一部分が終わったという悲しい気持ちで、彼は母親を施設に連れて行き、収容してもらった。

母親は、最初の一年は彼が行くと、息子だと分かった。しかし、もう息子が遠い存在であるみたいに、興奮はしなかった。そして、もう息子が分からなくなった、と認めざるをえない日がやってきた。母親が犬小屋に長く閉じ込められた犬のようになったと認めざるをえない日がやってきた。母親が死んだとき、彼は横にいた。母親は彼の方を向いた。死ぬ前に、消える前のマッチの輝きのように、目のなかに息子を認識した光がさした。そして息をひきとった。

彼にはもう自分の人生しか残っていなかった。ずっと一人だったのだが、その事実はあいまいに、心地よくあいまいにされてきた。

彼はラジオのスイッチを入れた。

ある人物が爆発で両足を失った。フォード社の夜勤で暴力沙汰があった。ポンドは昨日の大引け近くは安定していたが、今日は一日ずっと下落した。

つまみボタンのところでどうしようかぐずぐず考えた後、ラジオを切った。空中に浮かぶ実体を欠いた声は、ブナの木くずの光がきっかけで入り込んだ過去の日に似ていないわけではなかった。ただし、声の方は光輝を放っていなかった。葬式の一件は、彼が自分の内部にそれを抱えていた間に、日常性の確固たる重さを失い、空気のように軽いものになった。すべての透明さを備えた光になっていた。それは時間を超越していた。すくなくとも、永遠を約束しているように思えた。

彼はカーテンを閉めに行った。その赤いカーテンも母親が淡い色の裏地をつけてつくったものだったが、引き裂かれずに残っていた。今夜は月桂樹の向こうの墓石に等しく月の光があたっているが、この月の光を、母親は何度も見たに違いない。母親は幽霊を怖がっていた。この家に住んでいた神父が、ウィスキーの飲みすぎか何かの不始末のために死者のためのミサを捧げなかったのだ。それで、ミサを捧げられなかった魂が煉獄で長時間過ごすはめに陥っている。ミサを捧げなかった神父自身も、生者の神父がミサを捧げるまでは解放されないで、軛《くびき》を背負ったまま真夜中に家の中に出没するというのである。

「みんな立派な神父だったに違いないよ、お母さん。ぼくみたいに立派な、真面目な人たちだよ。幽霊なんて出ないよ」と彼はいつも母親を安心せるために言ったものだ。彼はカーテンを閉めたとき、自分の根拠のない言葉を思い出した。カーテンを閉めるとき、ラジオを切るときと同様、閉めようかどうしようかとぐずぐずしていた。今夜は幽霊に出てほしかった、理性の壁を超えた来訪者があれば嬉しかった。

彼は、大人になってからずっと持っている、使い込んで慣れ親しんだミサ典書を手にとり、聖務日課を読もうとした。ひどい場合は、夜遅くまで読まないままだった。月日がたつうちに変わっていったお気入りの言葉、彼が好きになっていった言葉、同時にそれは彼の職務でもあった。好きなことが務めでもあるからしなければならない、というのは、間違いなく、人生の大いなる恵み、大いなる自由に違いない。今夜は、昔から慣れ親しんだ言葉を長時間読むことができなかった。彼とミサ典書のページの間に、彼と毎日繰り返さなければならない英語のミサとの間に、困惑した気持ちが割って入ってきた。ミサが嫌いなのか、ギターを弾いて人々に迎合する神父たちがもっと嫌いなのか、彼には分からなかった。母親が生きていたときには、こういったことが悩みの種にはならなかったと気づくと屈辱感を抱いた。自分の人生は、従来思っていたような穏やかな海を行く船なのだろうか、のんびりと出港し帰港する漁船なのだろうか。あるいは、今のような自分が本来の自分なのだろうか。「そうだとも。いつもどおりだね」誰もいない部屋で、聞きなれた声が彼には聞こえた。「土地の言葉でのミサに文句を言うとはね。花の名前だったら、もともとの学名よりも普通の名前の方が良いって言っておきながら」と言って、鋭い、活力に満ちた、粗野といっていいような笑い声があがった。ピーター・ジョイスだった。まだ死んではいなかった。ピーター・ジョイスは南のアイルランド共和国とは反対側の地域で司教にまでなっていた。いまはもう会うこともない昔の友だちだった。

「でも、俗称の方がきれいだよ。ヨーロッパノイバラ、野生のニオイエンドウ、キンポウゲ、デイジー……」

彼は自分の反論を思い出した。毎年夏に行く大西洋岸のホテルでのことだった。十時頃にはバーが大西洋の波音をかき消すほどの騒ぎになることを恐れずに、夕食後読書のできる小さなホテルだった。

「確かに、スコットランドの可憐な薔薇は、鋭く、甘く、心をかき乱す」と友だちが意地悪く引用して言った。「しかし、そんなことではないんだ。花の名前がラテン語でなければいけない理由はね。フランス人でもギリシャ人でもアラブ人でも花が好きな人たちが会ったときには、何の花のことか分かるからさ。普遍的な言語が要るんだよ」

「何て言われても、ぼくは素朴な名前が好きだな」

「そうだろう。ソンカス・オレラセウスじゃなくて無毛アザミの方がいいんだろう。君みたいな心の狭い感傷家がいるから、最近君が嘆いていたようにラテン語のミサが消えていくんだよ。君には共感しない。君みたいな連中にはうんざりだよ」

かつてその単純な論理が彼に息をのむ経験をさせたように、この激しいやりとりを思い出して、彼は自分の困惑を忘れた。だが、なまなましい回想の後では彼は妙に疲れた。彼が聖務日課を終えるのは、他ならぬ意思の行為によってだった。ときには言葉の数を数えざるをえないこともあった。

「ピーター・ジョイス、ぼくはひとつ分かったことがある。

ぼくは無知だ、ってことを知っているんだよ」聖務日課を終えるとき、彼はつぶやくように言った。しかし、彼が自分を取り囲む部屋を見回したとき、部屋は信じがたいほど空虚で、生気がなく、乾いていた。母親が坐って縫物をしているはずの空っぽの椅子、本が乱雑にのっているオーク製のテーブル、マントルピースの上の時計。荒々しい語気でありながら冷静に呪いたかった。しかし、呪いたい気持ちは人生が不当なのと同じくらい不当だ。彼はかつて呪いたいと思ったことはなかった。

そして、彼は自分にも確かに幽霊がいることが分かった。長い間自分と一緒に歩き回ってきた幽霊、幽霊だとは気づきたくなかった幽霊、それは自分自らの死である。その幽霊をもっとよく知った方がいいのだ。それが離れていくことはもはやないだろうし、人間の形をもつこともない。存在しないものが影を投げかけることはない。

そこにあったのは、大理石の上に開いた本を照らす白いランプの光だけだった。短い時間ブナにあたる神の太陽、きらめく雪が突然放つ光、三十年ほど前キリーラン・ヒルのイチイの木々を目指して歩いていった時間を超越した会葬者たち。この世に良い日というものがあるなら、今日こそその日なのだ。
どこか、この果てという部屋以外の世界で、昔の自分とは似ていなくもない若者がみかげ石の戸口に立って、ドアのベルが鳴っているのを聞き、中で女性が玄関へやってくる足音が聞こえると笑みをもらし、髪を手で整え、両手でもっていた白ワインを一回転させるのが見えた。その若者が気持ちのいい、込み入ったことのない夕べを過ごすつもりで、永遠の時間の中に身を浸していた。

（夏目博明訳）

マクガハンの文学世界

ジョン・マクガハンは現代アイルランドの作家の第一人者である。アイルランドの首都ダブリンで生まれ、育ったのは中部のカヴァン州クートヒルであった。父親は警察官だった。地元の学校を卒業した後、ドラムコンドラのセント・パトリック・トレイニング・カレッジに学び、それからユニバーシティ・カレッジ・ダブリン（ＵＣＤ）を卒業する。その後ダブリン郊外の学校で教職に就く。一九六三年に処女作 *The Barracks* で作家としてデビューして成功するが、次作の *The Dark*（一九六五）はその内容のため、検閲制度に引っかかり発禁処分となる。そのためか、これといった説明もなしに教職からも追放されてしまう。裁判に持ち込んだが、復職はできなかった。六〇年代のアイルランドは一九二二年に自由国独立を果したものの、農本主義の政策をとったため経済的には貧しく、人々は従来の伝統的、因習的な考え方に従って生活していた。その中で彼の小説は当時の社会に衝撃を与えたことになる。前半は少年期から青年期にかけての性的な衝動を、当時としては赤裸々に描いた。さらに奨学金を得て特待生となってユニバーシティ・カレッジ・ゴールウェイ（ＵＣＧ）に行く。夢に見ていた大学生活ではあったが、始めから学生生活の空虚さ、そして授業そのものの権威主義に大きな失望をしてしまい、実社会に入ることを決心するところでこの小説は終わる。当時のアイルランドではよくあることだったが、大学に入る前に自分の将来を考えるところで、聖職者になるのはどうかという勧めがある。あれこれ悩んだ末、その誘いを断る場面が出てくる。また大学を辞めるときに聖職者である学部長のところに相談に行ったが、学部長は全く親身になってくれない。これらの場面を描いたことには、カトリックの聖職者に対するマクガハンの批判が見える。絶対的な権威であったカトリックの聖職者の社会がこういう場面を描いたために、彼を教職から追放したようである。小説に戻ると、母親のいない家庭の中で長男として育った主人公が、暴力的、権威主義的な父親に対抗する一方で、奨学金を得て大学にいくことになるという青春小説となっていて、当時の若い世代の置かれた社会状況も含めて描かれた興味深い作品となっている。

その後彼はロンドンに出て、非常勤の教員となったり、建設現場で肉体労働に従事したりするが、この時の経験が短篇集の中に集約されている。彼の足取りはロンドンに留まらず、それからスペイン、アメリカへと広がっていく。しかしやがてアイルランドに戻り、リートリム州に落ちついて作家生活に入っていく。勿論独身でいるわけではなく、ロンドンに行くときにはフィンランド人の演劇関係の女性と、またその後にアメリカ人の女性と二度目の結婚をしている。作家として、創作のほかにも、アメリカその他の国々に定期的に出かけて、客員教員としての生活も送っている。ダブリンのトリニティ・カレッジから名誉学位を貰い、客員教員となっているし、一九九八―九九年には母校のユニバーシティ・カレッジ・ダブリンで二度目の客員教員となっている。

作家としての業績を見てみよう。長篇としては *The Leavetaking*（一九七四）、*The Pornographer*（一九七九）、*Amongst Women*（一九九〇）などがある。*The Leavetaking* は学校の教員であるパトリックが主人公の話で、一人称の語り手によって語られる。彼は金持ちで未亡人のアメリカ人女性と恋に落ちて結婚するが、そのために教会の圧力で職を失ってしまいロンドンに出る。宗教や職業について悩むが、最後にはささやかな愛情の生活こそが宗教より勝るものであるということを認識する。*Amongst Women* はアイルランドでは新聞社の Irish Times 賞を始めいくつかの賞を受賞したが、それだけではなく、イギリスでは有名な Booker 賞の候補にもなった作品である。アイルランド独立の時に兵士として戦ったが、現在は年老いて人生最後の日々を後妻と三人の娘たちと過ごすことになったマイケル・モランの物語である。農夫であり、家の中では暴君であり父親である彼には他に二人の息子がいるが、父親との関係は悪く、家にはいない。娘たちのそれぞれにも進路、結婚などについていろいろの問題がある。そういう中でモランは死ぬ。葬式の場面も印象的である。小説の構成はロザリオの祈りの形をとっていて、最後にモランの姿が浮かび上がってくる傑作である。アイルランド社会の中の宗教、因習のあり方を描き、それに翻弄されながらも、自分の進む方向を模索する主人公たちの姿がテーマとなっている。

最近でも創作意欲は衰えず、*That They May Face the Rising Sun*（二〇〇二）はイギリスからやってきたジョウとケイトのラトレッジ夫妻の話である。アイルランドという様々な限界を持つ国の中で新しい生活を求めようとした二人は、アイルランド人との接触の中で、これまでの自分たちの生活とは異なった一年間を過ごすことになる。性的な部分へのこだわりは相変わらず持ちながらも、アイルランドという社会への複雑な思いを描いていく作家の姿がこの作品でもうかがわれる。その中で特に宗教的な思いを扱う時に哲学的思索的な描写が目立つが、これも彼の作品の特徴の一つである。

さて、短篇について述べよう。当然長篇では複数のテーマが扱われるが、短篇では各テーマが単独に扱われる。勿論各短篇は長篇とは独立したものではあるし、描き方にそれぞれ特徴があって面白い。しかし、長篇との関連でテーマを考えてみるのも興味深いところである。

この本は *The Collected Stories*（一九九二）の中から十五編を選んで十五人で翻訳したものである。編者三人は全体への目配りをして、訳語の統一などを担当した。訳者全員はジェイムズ・ジョイスを中心としたアイルランドに興味を持っていて、各々の短篇の背景についてもその意味でできるだけ詳細に調べたつもりである。とはいっても、アイルランドの特殊性は、調べれば調べるほど理解することが難しいことがわかってくる。アイルランドの作品の翻訳について、これまで出版されているものをいくつか調べてみると、そういう特殊性について、気をつけながら訳しているものが意外と少ない気がする。勿論、読者の方もそういう特殊性よりも、人類共通のテーマ、例えば父と子の関係とか神を敬うという意味での宗教とかについて理解すれば充分であると考える。ところがアイルランドについてはその特殊性こそが、知れば知るほど作品の理解の助けになるし、面白くなってくる、ということを付け加えておきたい。

さて、ジェイムズ・ジョイスは短篇集『ダブリンの市民』の中で、意図はダブリンの麻痺の状態を描くことであり、幼年期、青春期、成年期、社会生活、死に分けてまとめた、と述べている。本短篇集についても作者には一定の考え方があったように思える。しかしこの翻訳については、私たちは作者とは違った並べ方を考え、それに従って作品の配列を行ってみた。先ず

若い男女の恋愛

「ほかの男たちのように」、「僕の恋と傘」

少年期の性的な目覚め

「神の御国へ」、「ラヴィン」

青春期、成年期の様々な事件

「クリスマス」、「鍵」、「朝鮮」、「オコジョ」、「ストランドヒル、海岸通り」、「行き違い」

イギリスもの

「信徳、望徳、愛徳」、「ジョッコ」

社会生活

「車輪」、「われわれの存在理由」、「ワインの息」

この並べ方で読者のみなさんが納得していただけるかどうかはちょっと心もとないところもあるが、私たちの考え方は明らかになるかと思う。

先ず若い男女の恋愛。「ほかの男たちのように」では田舎で教員をしている青年がダブリンに遊びにきて、ダンスパーティに出てみる。そこで知りあった魅力的な若い女性と親しくなり、二人はホテルの部屋に入って寝る。青年の方は彼女と知り合ってセックスをした後、彼女に大変な好意を持つが、女性の方は看護婦でありこれから修道院に入るのでもう会えない、会わないという。若い男女のただそれだけの関係を描いたといえばそれだけの話なのだが、聖職者になることをやめて教員になった青年とこれから修道院に入る女性とのセックスの関係ということに焦点を当ててみると、アイルランド社会の特殊性についてのある視点が見えてくる。

「僕の恋と傘」。これも雨の日に、傘が縁でダブリンで知り合った若い男女の話で、二人はいろいろ話をしながら親しくなり、街頭でも肉体的に接近を試みる。青年は田舎出身のこの女性に夢中になって、結婚のことを口にするが、彼女は結婚なんて何の意味があるのかといって、最後には二人は別れてしまう。セックスと結婚、男性と女性の考え方の違い、行動の違いに焦点があてられている。

少年期の性的な目覚め。「神の御国へ」では、少年が遊びの中で上級生の女子と身体を重ねるようなことになってしまうが、そのために他のみんなに騒がれてしまう。なぜ騒がれるのかが分からない少年は上級生の他の女生徒に訊くが、すぐには教えてはもらえない。やっと、牝牛がどういう風にすれば子牛を産むようになるか分かるでしょう、といわれて、性の意味について目覚める。自分も父と母との間の行為があって、同じように生まれたのだと認識する。最後の神への祈りはアイルランドの特殊性として様々な視点で考えられそうである。

「ラヴィン」は男の子の性の目覚めについて扱う。ラヴィンという一風変わった大人が女の子達の身体の変化について言及する。それだけでなく、一緒に会いに行った友達を含めて卑猥な行為をする。それについて主人公の少年の嫌悪感も語られるが、こうして少年たちが成長していくことが述べられる。ラヴィンの哀れなその後についての話は一応の後日談となっている。

青春期、成年期の様々な事件。「クリスマス」は孤児院出身でモラン家に預けられている少年が、裕福なグレイ夫人のところに荷物を届ける。その際クリスマスだからということでお礼にお金をもらえることになっていて、モランもそれを期待している。少年は孤児院出身ということが意識から離れず、複雑な気持ちを持っているため、その金を貰うのを断ってしまう。それではとグレイ夫人がわざわざモランの店に持ってきてくれたのが、亡くなった息子の大切にしていた模型の飛行機で、一応受け取ったものの、少年はそれを壊してしまう。常に孤児院出身だということで差別を受けていた少年の気持ちをうまく描いてある。

「鍵」は妻に先立たれた駐在所の警官の家庭の話である。警察官である父は、ある時医学書を買ってきてこれをよく読んで、自分が不治の病にかかっていると判断する。そこで長男である主人公に、自分がいなくなった後に家族の中心になってやっていくのはお前だと話して、いろいろな指示を与えた後、大切な書類を保管している箱の鍵を預ける。検査を受け帰宅した父は、大騒ぎはしたが何もなかったように普通の生活に戻る。少年は鍵を返せとも言われず、ついにそれを川に投げ捨てる。鍵の持つ象徴的な意味あいが面白い。マクガハンの実人生の経験がでているようである。

「朝鮮」は川での漁を生活の糧としている親子の話である。息子は上級学校に進学したいと思っているが、父親は息子がアメリカに行って兵隊になって朝鮮で戦うことを望んでいる。父親は独立運動でつかまった男たちの銃殺の場面に立ち合った経験がある。そういう鮮烈な経験を持ちながらも、結局は息子が兵隊になることでアメリカ政府からの送金をあてにしていることが分かる。父親と息子の意識のずれと計算、アイルランド社会の特殊性の縮図が見える。

「オコジョ」は次の「ストランドヒル、海岸通り」と舞台設定は同じで、オコジョというイタチ科の哺乳類がウサギを捕らえて殺す場面が最初にあり、中心の話は父と子のことで、父が見合いの広告を出して、実際に見合いに息子を同席させるという話。オコジョと見合いとをマクガハンがどう関連付けているかがポイントである。

「ストランドヒル、海岸通り」は西のスライゴー近くのストランドヒルが舞台で、ここにある保養所に滞在している老人たちの取りとめのないような、といって彼らの特徴がよく出ている会話が中心となっている。ここで働いている女性の子供の少年がいて、彼が万引きをすることがサブプロットとなっている。

「行き違い」はマイケルとアグネスの老年夫婦の話で、イギリスの学校で用務員をしていた夫婦が、夫の定年を機に自由な生活を送っている。彼の夢は元の土地を買い戻して、農業を始めることであった。しかしいつものように二人がスーパーの前で待ち合わせることになっていたのだが、妻がそれを忘れて、夫は待ちぼうけになるという行き違いの話。人生、仕事、そして老年をどう過ごすかといったテーマが扱われている。

次はイギリスもの。マクガハンが教職を追われて、イギリスで働いた経験が語られる。「信徳、望徳、愛徳」ではイギリスで肉体労働に携わっているアイルランド人が事故で急死する。父親が遺体を引き取りにいって戻ってくる。あとは葬式でその費用がなかなか払えそうにないので、募金用の音楽会を開催する話である。ここで「信徳、望徳、愛徳」というなんとも不思議な楽団が出演料が安いということでこれを頼んで、演奏してもらう。イギリスに出かけて行って働くアイルランド人の心情が浮き彫りになる。

「ジョッコ」はもともとはHearts of Oak and Bellies of Brassというタイトルの作品である。ロンドンの建築現場で働くアイルランドの労働者たちの話で、語り手はマクガハンと同じく、ある事情でロンドンに来て働かなければならなくなった男だが、工事現場にやってくるジョッコというのらくら男をみんなでやっつける話が語られる。誰もが「パー」という渾名で呼ばれるアイルランド人の社会的役割が考えさせられる。

最後に、社会生活では、写実的に各々の生活が描かれるがその奥に人生、死などを考えさせるものとなっている。「車輪」はダブリンから田舎に帰ってくる青年の話で、家にはローズという継母と彼とはあまり話が通じない父親がいる。父親はこの息子を頼りにはしているが、息子としては父親と継母はこのまま田舎に残して、自由な生活を送りたいと思っている。その様子が田舎と都会の生活の対比の中で語られる。

「われわれの存在理由」は競売でチェーン・ソーを買ってきたギレスピーの話で、なぜ買ったことがまずいのかは分からないが、裕福そうな老人のボウルズが様子を見にやってくる。チェーン・ソーを買ったことは知られたくないので、そのかわりにいろいろ話をする。その中でホームレスのような生活をしてダブリンにいるシンクレアの噂話が出てくる。シンクレアのことでこの男の生き方についてコメントがなされる。そしてその間に、イギリス英語風にアイルランド人の姿を批判するボウルズの演説のようなものが挿入されていて、話を複層化させている。

「ワインの息」は神父が主人公で、前の話でチェーン・ソーを使っているギレスピーのところに彼の奥さんの入院が可能になったという情報をもってくる。その過程で自分の母の死、世話になっていたマイケル・ブルーエンの葬式のこと、友人のピーター・ジョイスのことを神父は思い出す。死と、自分の神父としての人生についての思いは最後のシーンに象徴的に表れている。なかなか印象的な終わり方である。

マクガハンの評価についてはいろいろに分かれるようである。現代アイルランド第一の作家であるという評価がその第一である。それは勿論この短篇集を読んでいただければ理解していただけると思う。ある場面を提示する時の言葉の使い方、そしてその表現の多様性などを見れば、実力のほどが充分伝わってくる。難しい言葉を使うというのではないのだが、描く内容について、他に考えようのない適切な言葉が使われている。翻訳をしていくと、なかなかうまい言葉が見つからないことがたくさんある作家である。そしてアイルランドの特殊性というテーマを扱っていく。若者の恋愛、性への目覚め、青年期から老年に至る精神的成長、経済的な困難、イギリスでの生活、宗教、死などのテーマがアイルランドという特殊性の上に花開いている。勿論長篇では数々の賞を獲得するという意味でアイルランドでも、イギリスでも、カナダでも、フランスでもその実力と作家としてのすばらしさは広く認められている。

もう一つの評価は半ば批判的なものである。これだけすばらしい作家なのに、これまで文学史でもあまり認められてこなかったではないか。マクガハンはジョイスやベケットのように国際的に名を得る作家ではない。なぜならばいろいろのテーマをもち、技巧は使うけれども、彼らの域に達していないという評価である。

この点について論じるには一冊の本が必要である。ただ一つ言えることは、マクガハンにとってのアイルランドの特殊性があるのではないかと思われる。それは *The Dark* が発禁になったことに典型的にあらわれているが、最初にカトリックのアイルランドの社会から距離を置く立場を取らざるを得なかったことである。しかしそれでもなおアイルランドに帰ってその特殊性を追求してきた作家といえる。アイルランドの特殊性がもっとよく理解されることによって、そしてそれをどう表現していくかということについて理解される時に、マクガハンのような作家が正当に評価されてくるのではないかと思われる。

最後に個人的な思い出を一つ。私は一九九九—二〇〇〇年にユニバーシティ・カレッジ・ダブリンの在外研究員としてダブリンに滞在した。一九九八—九九年はマクガハンが客員教員をしていて、四月には講義が数回あり、それに出席できるという幸運に恵まれた。講義はイタリアの作家プリーモ・レヴィについてであった。第二次世界大戦中のアウシュヴィッツの生き残りの科学者で、帰還後数々の回顧録、ドキュメンタリーなどを出版して、ナチの残虐な行為を非難し続けたが、最近自殺をしてしまった。その生涯、そして作品について、やや苦しい表情で語っていたのが印象的であった。マクガハンは一九三四年生まれであるから、直接戦争の経験をしたことはなかったと思うが、彼の作家としての人となりの一端を垣間みた思いだった。

二〇〇四年五月二十五日

清水重夫

訳者紹介

吉川信（きっかわしん）
一九六〇年長崎県生まれ。
中央大学大学院博士課程退学。現在、和光大学教授。
著書に、『読み解かれる異文化』（松柏社、共著）、訳書に、『初版金枝篇』（ちくま学芸文庫）などがある。

戸田勉（とだつとむ）
一九五五年神奈川県生まれ。
明治学院大学大学院博士課程単位取得退学。現在、山梨英和大学教授。
著書に、『連枝の世紀』（透土社、共著）、訳書に、『ジェイムズ・ジョイス事典』（松柏社、共訳）などがある。

猪野恵也（いのけいや）
一九七一年静岡県生まれ。
日本大学大学院博士課程満期退学。現在、日本大学専任講師。
論文に、「*The Real Charlotte* に関する覚書」（日本大学通信教育部）などがある。

東川正彦（ひがしかわまさひこ）
一九四六年東京都生まれ。
早稲田大学卒業。
小説に、「虹」（『群像』一九七〇年）がある。

花田千旦（はなだゆきあき）
一九三四年東京都生まれ。
早稲田大学大学院文学研究科、科目等履修生在籍、単位取得。

山邉美登子（やまべみとこ）
一九七一年茨城県生まれ。
津田塾大学大学院後期博士課程在学中。

豊田淳（とよだじゅん）
一九五六年静岡県生まれ。
慶應義塾大学文学部英米文学科卒業、早稲田大学英語英文専攻科修了、関東学院大学大学院博士課程満期退学。現在、神奈川県立釜利谷高校教諭。
著書に、ジュンレモンのペンネームで『彼女はそこに立っていた』（文芸社）がある。

吉田宏予（よしだひろよ）
一九六一年東京都生まれ。
東洋大学大学院博士後期課程中途退学。現在、東洋大学助教授。
著書に、『英米の言語と文学』（桜門書房、共著）、『パラグラフ・ライティングからアカデミック・ライティングまで』（東京精文館、共著）などがある。

小田井勝彦（おだいかつひこ）
一九七六年千葉県生まれ。
専修大学大学院博士後期課程在学中。現在、東海大学付属高輪台高校及び専修大学非常勤講師。
論文に、「幼い芸術家の肖像――*A Portrait of the Artist As a Young Man* 第1章の分析――」、「Samuel Beckett: *Company*――人称代名詞をめぐるメタフィクション――」（いずれも専修大学大学院「文研論集」）などがある。

河原真也（かわはらしんや）
一九七〇年京都府生まれ。
早稲田大学大学院博士後期課程単位取得退学。現在、早稲田大学非常勤講師。
訳書に、『「フリークス」を撮った男』（水声社、共訳）、『問いかけるファッション◎身体・イメージ・日本』（せりか書房、分担翻訳）などがある。

鈴木英之（すずきひでゆき）
一九五五年静岡県生まれ。
日本大学大学院博士課程満期退学。現在、日本大学講師。
著書に、『思考する感覚』（国書刊行会、共著）がある。

清水重夫（しみずしげお）
一九四三年東京都生まれ。
早稲田大学大学院文学研究科博士課程修了。現在、早稲田大学教授。
著書に、『ジョイスからジョイスへ』（東京堂出版）、『ナチュラリストのパラダイム』（書肆山田）、訳書に、『ブライアン・フリール集』、『トマス・マーフィ集I・II』、『フランク・マックギネス集』（いずれも新水社）、『マダム・ジャズようこそ！――ミホール・オー・シール詩集』、『僕たちの二重の時――ミホール・オー・シール詩集（2）』（七月堂）などがある。

奥原宇（おくはらたかし）
一九四二年兵庫県生まれ。
東京外国語大学大学院修士課程修了。
現在、専修大学教授。
著書に、『英米文学論集』（南雲堂、共著）、訳書に『風景のイギリス文学』（研究社、共訳）、『ジェイムズ・ジョイス事典』（松柏社、共訳）などがある。

新名桂子（しんみょうけいこ）
一九六六年香川県生まれ。
筑波大学大学院博士課程文芸・言語研究科単位取得退学。現在、宮崎大学助教授。
論文に、「『新しい母性』の方へ――母親としてのモリー・ブルームを読む」（*Joycean Japan*, No. 9）、「なぜモリーの恋人はボイランなのか」（*Joycean Japan*, No. 12）などがある。

夏目博明（なつめひろあき）
一九五四年愛知県生まれ。
一橋大学法学部卒業、筑波大学大学院博士課程単位取得退学。現在、青山学院大学教授。
著書に、『辺境のマイノリティ』（英宝社、共著）、訳書に『暴力と差異――ジラール、デリダ、脱構築』（法政大学出版局）などがある。

男《おとこ》の事情《じじょう》　女《おんな》の事情《じじょう》

二〇〇四年六月十日初版第一刷印刷
二〇〇四年六月十六日初版第一刷発行

著者――ジョン・マクガハン
編者――奥原宇＋清水重夫＋戸田勉
発行者――佐藤今朝夫
発行所――株式会社国書刊行会
東京都板橋区志村一―十三―十五　郵便番号一七四―〇〇五六
電話〇三―五九七〇―七四二一　ファクシミリ〇三―五九七〇―七四二七
URL：http://www.kokusho.co.jp　E-mail：info@kokusho.co.jp
装訂者――和泉兼定
印刷所――株式会社キャップス＋株式会社エーヴィスシステムズ
製本所――株式会社石毛製本所
ISBN4-336-04631-X C0097

ウルフ・ソレント（I・II）
ジョン・クーパー・ポウイス／鈴木聡訳
A5判／各四六四頁／定価各三七八〇円

ドストエフスキーやトルストイをも凌ぐ圧倒的な文学世界を構築したポウイスが、凶々しいまでに繁茂するドーセットの自然を背景に、人々が織りなす魂と実存のドラマを描いた、二十世紀最高の文学作品。

神秘の薔薇
W・B・イエイツ／井村君江＋大久保直幹訳
四六判変型／三六二頁／定価二七五二円

一九二三年のノーベル賞受賞詩人イェイツによる幻想文学集。「ケルトの薄明」「神秘の薔薇」「錬金術の薔薇、掟の銘板、三博士の礼拝」「月の沈黙を友として」。輝けるイェイツ神秘学のルーツがここにある。

チュニジアの夜
ニール・ジョーダン／西村真裕美訳
四六判変型／一九二頁／定価一八三五円

「狼の血族」「クライング・ゲーム」などの映画作品で知られるニール・ジョーダンが、思春期の少年少女の揺れ動く複雑な心情、人生の一断面をみずみずしい筆致で描いて、ガーディアン賞に輝いた処女短篇集。

オレンジだけが果物じゃない
ジャネット・ウィンターソン／岸本佐知子訳
四六判変型／二八八頁／定価二五二〇円

狂信的なキリスト教信者の母親と、母親から訣別し本当の自分を探そうとする娘。イギリス北部の貧しい町を舞台に、娘の一人称で語られる黒い哄笑に満ちた物語。寓話や伝説のパロディもちりばめた自伝的小説。

定価は改定することがあります。